ラブ♥コレ 4th アニバーサリー

愁堂れな
RENA SHUHDOH
奈良千春
CHIHARU NARA
夜光花
HANA YAKOU
高階 佑
YUH TAKASHINA
いおかいつき
ITSUKI IOKA
國沢 智
TOMO KUNISAWA

Lovers Label

CONTENTS

Black tie
ブラック タイ

愁堂れな
rena shuhdoh

illustration 奈良千春 CHIHARU NARA

「ユキちゃん、ちょっと付き合ってもらえないか」

早乙女《さおとめ》の行動はまったくもって読めない。それは俺の理解力が低いというよりは、彼の行動が常に俺の予想の斜め上をいくからなのだが、今日も彼はきっちりとその定石を踏んでいた。

彼は『ちょっと付き合って』と言った。俺の認識する『ちょっと』は、『ちょっとそこまで』もしくは『ちょっとの間』という、ごくごく気軽な誘いに用いられる言葉だ。だからこそ、いやいやではあったけれども「わかった」と承知したというのに、続く早乙女の行動はとんでもないものだった。

「それじゃ、コレ着て」

「はい？」

差し出されたのは黒の礼服だった。ネクタイが黒のところを見ると、これから葬式《そうしき》か法事にでも行くのだろうか。

「おい、どこに行くんだ？」

見も知らない人間の葬式でも法事でも、来られたほうが迷惑だろうと思い問い返すと、早乙女は自分はぱっぱと服を着替えながらひとこと「実家」と答えたあとに、早く着替えろ、と俺を急かした。

「法事か?」

ご不幸があったようには見えないので尋ねると早乙女は「まあね」と答えになっていない言葉を返すのみで、詳しいことを教えようとしない。それどころか、事情もわからないのに行かれないと渋る俺に無理やり式服を着せると――はやい話が、着ている服を剝《は》ぎ取られたのだ――俺は彼と共に事務所を出、前に停まっていた黒塗りの車に乗り込み早乙女の実家に向かった。

早乙女の実家は麹町にある城と見紛《みまが》う大豪邸である。新宿のレトロなビルで、儲《もう》かってるのかいないのかまったくわからないようなしょぼい便利屋を営んでいるこの早乙女だが、こう見えて政財界の首領《ドン》と言われる早乙女春人《さおとめはるひと》の三男なのだった。

諸事情から俺も一度彼の『実家』を訪れたことがある。『城』というのはそのとき抱いた感想なのだが、東京の一等地に広大な土地を持ち、中に露天風呂までこしらえている早乙女家は――しかもそれが『離れ』だという――俺にとってはまったくの『別世界』で、まさか再び足を踏み入れようとは思ってもいなかった。

道が空《す》いていたために、早乙女の実家には十五分ほどで到着した。自動で開く門から延々と道が続いた後に、ようやく建物の玄関が見えてくる。そこには以前と同じく、美人《よしと》を先頭にずらりと早乙女家の使用人が並び、車に向かって深く頭を下げて寄越した。

「おかえりなさいませ」

車寄せに黒塗りが停まった途端、美人がすっと歩み寄り、早乙女が座る後部シートのドアを開いた。

「出迎えご苦労」

すぐさま後ろへと下がり、膝《ひざ》をついて頭を垂れた美人の仰々《ぎょうぎょう》しいほどの出迎えに少しも臆することなく、早乙女が堂々と車を降りたあとに、俺を振り返る。

「ユキちゃんも降りなよ」

「あ、ああ」

俺の座る側の座席のドアは、運転手が既に開いてくれていた。「すみません」と無表情なその運転手に礼を言い車を降りると、美人はようやく立ち上がり俺に笑顔を向けてきた。

「いらっしゃいませ、竜野《たつの》様。お待ちしておりました」

「……どうも」

この出迎えといい、『お待ちしていた』という美人の言葉といい、やはり今日この家では法事か何かがあるようだ。親戚でもなんでもない俺が同席していいものか、と改めて躊躇《ちゅうちょ》していた俺の背を、早乙女が「行こう」と促《うなが》した。

早乙女と俺のあとに美人が続いたと同時に、ずらりと並んでいた使用人たちが皆、それぞれに建物内へと入っていく。俺たちが最後の客なのか、と思っているうちに俺は以前も通された離れに——早乙女の部屋に連れていかれた。

「ちょっと待っておくれよね」

離れの襖《ふすま》を開けたあと、早乙女は俺を振り返り、中で待て、と指示を出した。

「え？」

お前はどうするんだ、と眉を顰《ひそ》めた俺の前で早乙女が「美人」と声をかける。

「はい」

「いるかな？」

「はい、お部屋に」

意味のわからない短い会話をかわすと早乙女は美人に「あとは頼んだ」と言い置き、来た廊下をすたすたとまた戻っていってしまった。

「おい」

何がなんだかわからない、と彼の背に声をかけた俺に、美人がにこやかに話しかけてくる。

「どうぞお入りくださいませ。今、お茶を用意させますので」

先に事情を説明してほしいと思ったが、物腰は柔らかくとも、早乙女以外の人間の話を聞こうとしないことにかけては天下一品の美人に押し切られ、俺はしぶしぶ部屋に入ると、勧められるがまま、床の間の前の最上席へと腰を下ろした。

と、すぐに「失礼します」と襖の向こうから声が聞こえ、茶と和菓子を盆に載せた仲居姿の女性がやってきて、俺の前にそれらを並べすぐに出ていってしまった。

「それではごゆっくり」

仲居と一緒に美人も部屋を出ようとするのを「あの」と俺は呼び止める。

「はい？」

美人は足を止め、仲居を先に帰すと襖を閉めて振り返った。

「なんでしょう」

「今日は一体なんなんだ？　法事か何かあるのか？」

俺の問いに美人は一瞬、驚いたように目を見開くと「大変失礼いたしました」とその場に座り深く俺に頭を下げてきた。

「てっきり文人《ふみひと》様より、お話を聞かれているとばかり思っておりました」

「事情もなにも。これを着ろ、車に乗れ、だ」

だいたいあいつに『事情を説明する』なんていう高度な技、できるわけがないだろうと呆《あき》れてみせると美人は「そうでもございませんが」と、早乙女を庇《かば》うようなことを言ったあと、姿勢を正し口を開いた。

「本日は文人様のお母様の、お命日でございます」

「え？」

法事かとは思ったが、まさか早乙女にとってそこまで近しい身内の命日とまでは考えていなかった俺は、淡々とそう告げた美人を前に一瞬言葉に詰まった。

「法事ではございませんが、毎年旦那《だんな》様がご住職に読経をお願いなさっているのです」

「……そうか……」

なんとも答えようがなく頷《うなず》いた俺に美人は「はい」と微笑むと、何を思ったのか襖の前から俺のところまでにじり寄ってきた。

「なんだ？」

何か話でもあるのだろうか、という俺の予想は当たった。

「私がこのようなことを申し上げるのは甚《はなは》だ僭越《せんえつ》ではあるのですが……」

どうか文人様にはご内密に、と断ったあと、美人は俺を真っ直ぐに見据《みす》えながら、おもむろに口を開いた。

「文人様が毎年、お母様のお命日にこの家にいらっしゃるのには理由があるのです」

「理由って？」

命日に仏壇の前で手を合わせるという以外に、特別な理由があるのだろうか、と首を傾《かし》げた俺に美人は「はい」と頷くと、またも俺の予想を裏切る言葉を口にした。

「お父様への――春人様へのお心遣いでございます」

「……？」

俺が眉を顰めたことで、意味がわからないでいるのを察したらしく、美人は一段と俺にその綺麗な顔を近づけると、低い声で話を始めた。

「文人様は正妻のお子ではなく、外にできたお子様であることは、竜野様もご存じかと思いますが、奥様がお亡くなりになられたあと、旦那様は文人様と文人様のお母様をこの家に住まわせられたのです。文人様が十歳になられたばかりの頃でございました。それは可愛らしいお子様でございました。その上とても利発でいらして……」

「……はあ……」

確か美人と早乙女は同い年だったはず。早乙女が『お可愛らしい』十歳であったのなら、美人もお可愛いらしい十歳であるはずなんだがと思っていた俺に対し、美人は話を進めていった。

「旦那様はゆくゆくは文人様のお母様を後妻にお迎えになるおつもりだったのですが、ご親戚の皆様から反対されまして。また、前の奥様のお子様も酷《ひど》く反発なさったこともあり、心優しい文人様のお母様は正妻の座をご辞退なさったのです。旦那様の見えないところで、ご親戚やご長男、ご次男は、文人様やお母様にそれは酷い仕打ちをされまして、お母様はその心労がもとでこの家にいらっしゃいましてから一年後にお亡くなりになられました」

「それは……」

ますますどう相槌《あいづち》を打ったらいいのかと言葉に詰まる俺に向かい、美人は端正な眉を顰めると、

「旦那様のお身内のことを悪し様に申し上げるのは気が引けますが、それはそれは酷いお仕打ちをされたと聞いております」

そう言い、痛ましげに溜め息をついた。

「……お気の毒だな……」

『気の毒』などという簡単な言葉で片付けるのは申し訳ないと思ったが、語彙《ごい》が貧困な俺にはそれ以外の言葉が思いつかなかった。

「ご結婚となると、旦那様の財産も絡んで参りますのでね……」

美人は相変わらず痛ましそうな表情でそう言い足したあと、「それで」と話を続けた。

「事情を察した旦那様は、文人様のお母様をご自宅に呼ばれたことを大変後悔なさいまして、お母様のご遺体を前に文人様に向かい涙を流して詫《わ》びられたのです。そのお父様に文人様は、お母様を亡くされたばかりでご自身もさぞお悲しかったでしょうに、お父様のせいではない、お父様が泣くとお母様も悲しまれる、とそれは健気《けなげ》にお慰《なぐさ》めになられまして……」

ここで美人は言葉を切った。常に淡々とした口調で話している彼には珍しく語尾が震えていたことが気になり顔を見ると、切れ長の綺麗な瞳が潤《うる》んでいる。そういう俺の目も今の話を聞いて、酷く潤んでしまっていた。

「……失礼いたしました」

コホ、と美人は小さく咳払《せきばら》いをしたあと、ごくごく自然な動作で指先で目尻を拭《ぬぐ》い、再び口を開いた。

「文人様のお母様はご遺言《ゆいごん》で、葬儀もごくごく内輪ですませてほしい、法要なども不要であると残していらっしゃいました。旦那様が自分をお身内同様に扱われることで、息子の文人様が更に酷い仕打ちを受けるのではと案じられたためだと思われます。旦那様は泣く泣く文人様のお母様のご遺志を尊重されたのですが、ますます罪悪感を抱かれまして。それがおわかりになったのでしょう、文人様は旦那様に、お母様も派手な法要などは望んでいない、お父様とご自分が仏前で手を合わせるだけで満足なはずだとおっしゃり、お命日には共に手を合わせてほしいと、ご自分から旦那様にお願いされたのです」

罪悪感に苦しむ父親に、『共に手を合わせて欲しい』とお願いすることで贖罪《しょくざい》の場を与えたということなんだろう。それが家を訪れるもう一つの理由、『父親に気を遣った』ことなのか、と納得した俺の胸には、今、なんともいえない感慨が満ちていた。

「今年でもう二十一年になります。三回忌の際と七回忌の際、それに十三回忌の際にも文人様はお父様に、もう母も満足しているだろうとおっしゃったのですが、旦那様は是非とも続けさせてほしいとおっしゃいましてね。それで今でも毎年文人様はお母様のお命日にこうして旦那様の許《もと》にいらっしゃるのです」

そこまで話すと美人はふと目を細めて微笑んだ。

「すっかりお喋《しゃべ》りが過ぎました。お茶が冷めてしまいましたね。今、淹《い》れ直して参りましょう」

「あ……いや……」

身を乗り出し、俺の前に置かれたお茶に手を伸ばす。別にいい、とその手を遮《さえぎ》ろうとした俺の耳元に美人が近く唇を寄せ囁《ささや》いてきた。

「大変申し訳ありませんが、今の話は文人様にはご内密に」

「え？」

あまりに近いところにある美人の端正な顔と、耳朶に息を吹きかけられるようにして囁かれた低めのハスキーヴォイスに、どきりとしてしまい話の内容がストレートに脳に伝わらなかった。思わず聞き返してしまったそのとき、不意に襖が開いたものだから、俺はぎょっとしてその方を見やった。

「なんだ、美人。ユキちゃんにやたらと接近して」

ズカズカと室内に入ってきたのは早乙女だった。じろ、と美人を睨《にら》んだのに美人が「失礼いたしました」とすっと身体を引く。

「どうせ余計な話をしていたんだろう」

ぶすっと早乙女が言い、どさりと俺の横に腰を下ろした。

「いえ、文人様のお小さい頃の思い出をお話ししておりました。それは愛らしい、そして利発なお子様でいらしたと」

「……」

早乙女は一瞬美人を見やったあと、

「当然だ」

ふいと彼から目を逸《そ》らし、何を思ったのか俺の肩を抱いてきた。

「なんだ?」

「それでは、失礼いたします」

美人が丁寧に頭を下げ、すすっと素早く部屋を出ていく。

「え?」

なんで、と思った次の瞬間には俺は早乙女にそのまま床へと押し倒されていた。

「おいっ」

なんなんだ、と彼の喪服《もふく》の胸を押しやろうとしても、早乙女の身体はびくとも動かない。

「やめろ、おいっ」

俺を組み敷いたまま、黒いネクタイを解こうとするその手を摑むと早乙女は、

「ああ、すっかり足が痺《しび》れてしまった」

などと、呑気《のんき》なことを言いながら、俺の手を振り払った。

「お前、今まで……っ」

母親の仏前で手を合わせてきたのではないのか、と思わず言いかけたのだが、美人に口止めされていたことを思い出し、しまった、と口を閉ざす。

「………」

早乙女はそんな俺を見下ろし、一瞬やたらと真面目な顔になったあと何か言いかけたが、すぐに相好《そうごう》を崩すと、俺の耳元に顔を近づけ、しょーもないとしかいいようのない言葉を囁いて

きた。

「喪服って、やけにそそられるよね。未亡人萌えっていうか」

「馬鹿じゃないか!?」

誰が未亡人だ、と吠《ほ》えた俺の首から黒ネクタイをシュルリと解《ほど》き、続いて白シャツのボタンに手をかける。

「おい、よせって」

「奥さん、亡くなったご主人に操《みさお》を立てられるのはいいですがね、あなたの身体は男を欲してるんですよ」

暴れる俺を押さえ込み、早乙女がわけのわからない台詞《せりふ》をやたらと作った口調で喋りながら――どうも『未亡人萌え』を自ら実践《じっせん》しているらしい――俺からシャツを剥ぎ取り、スラックスのベルトを外していく。

「ほら、あなたの熟れた身体が私をこんなに誘ってる……」

「誰が熟れた身体だっ！　ふざけるなっ」

あっという間に下肢を裸に剝かれ、黒い靴下まで脱がされる。身体の下に白いシャツと黒い式服を敷いているこの状況が早乙女に悪ふざけをさせるのか、

「ユキちゃん、『おやめになって』くらい言ってくれてもいいんじゃない？」

そんなふざけたことを言いながら俺に覆い被さってきた。

「言うかよっ」

やめろ、と両手を突っぱねた、その手首を早乙女が器用に片手で捕らえる。

「どっちがいい？」

「何が」

そうして問いかけてきた彼の意図がまるで見えず問い返すと、早乙女はもう片方の手で俺が締めていた黒いネクタイを取り上げ、にっこりと笑いかけてきた。

「手、縛るのと目隠しと、どっちがいい？」

「どっちもイヤに決まってるだろうがっ」

何を馬鹿な、と怒鳴りつけた俺に早乙女は、

「猿轡《さるぐつわ》という選択肢もあるかなあ」

と更にふざけたことを言いながら、どうするかな、と暫《しば》し考え込んだ。

「お前なあっ」

「決めた、手首にしよう」

いい加減にしろ、と怒鳴りつけ、捕らえられた腕を振り回したが、早乙女は俺の抵抗を易々《やすやす》と封じ、彼の選択どおりに両手首を黒ネクタイで縛ってしまった。

「解けって！」

「ますますそそられる」

怒りの叫びなどどこ吹く風とばかりに聞き流し、俺を押さえ込んだまま早乙女は俺の胸に顔を埋《うず》めると、長く出した舌先で乳首をぺろりと舐め上げた。

「……よせ……っ」

ざらりとした舌の感触に、俺の身体がびくっと震える。

「ほら、奥さんの熟れた身体、独り寝に我慢できてないでしょう」

まだ『未亡人萌え』モードなのか、早乙女が顔を上げて笑いかけてきたのを「馬鹿」と怒鳴りつけると、

「本当にユキちゃんはノリが悪い」

早乙女はぶつぶつ言いながらもまた俺の胸に顔を伏せ、右乳首を唇に含んだ。

「……くっ……」

左の乳首を指先できゅっと摘《つま》み上げるのと同時に、右を強く吸われ、またも俺の身体はびくっと震えてしまった。縛られた両手を空いた手で押さえつけながら早乙女が俺の胸を、指で、舌で、唇で、ときに歯を立てて愛撫《あいぶ》し始める。

「……やめ……っ……」

もともと胸を弄られるのは弱い上に、肌にあたる早乙女の式服のざらっとした感触が、より俺の感覚を鋭敏にしていた。まさかとは思うが、俺にも『喪服萌え』があったのか、などという馬鹿げた考えがちらと頭を過《よ》ぎる。

「やっ……あっ……あっ……」

俺の頭の中など覗《のぞ》けるはずもないのに、早乙女はわざとのように布地を密着させながら、丹念に丹念に俺の胸を舐《ねぶ》り続ける。彼の手の中で左の乳首はすっかり勃ち上がり、きゅっきゅっと摘み上げられるうちにじんじんと火傷《やけど》しそうなほどの熱を孕《はら》んできてしまっていた。

「あっ……」

きゅっと痛いほどに抓《つね》られたと同時に、右胸を噛《か》まれる。いつしか閉じてしまっていた瞼《まぶた》の裏で白い閃光《せんこう》が走り、背が大きく仰《の》け反《ぞ》ったのがわかった。血液が勢いよく血管を駆け巡り、息が上がり鼓動がやたらと速まってくる。血流は熱気をも運ぶのか、内側から肌を焼く熱が広がり、全身にうっすらと汗が滲《にじ》む。やがて全身へと広がった熱は、頭と下肢に分散し、燃えるような頬《ほお》の熱さを感じると同時に、己の雄が勃ち上がりどくどくと脈打ってくるのがわかった。

「………」

早乙女が俺の胸を舐りながらちらちらと目を上げ、俺の雄の感触を確かめるかのように腹でそれを擦《こす》り上げる。

「やっ……」

擦れた先端に滲む先走りの液が、早乙女の黒い服を濡らす。実際見えはしないものの、黒衣に滑《ぬめ》りを帯びた液が擦られるイメージが俺の欲情をますます煽《あお》り、自然と腰が捩《よじ》れてしまう。

「……欲しいの？」

ようやく俺の胸から顔を上げた早乙女が、くす、と笑いながら問いかけてくる。外気に触れた乳首にすっと冷たい風が当たり、う、と息を呑んだ俺の身体の上を滑るようにして早乙女が身体を引き上げ、二人の目の高さが合った。

「……っ」

またも服地に擦れ、俺の雄がどくんと大きく脈打った。う、と息を詰め腰を退いた俺の片頬へと早乙女が手を添え、じっと目を見下ろしてくる。

「欲しいんでしょう?」

掠《かす》れた低い声で囁かれたとき、俺の雄はまたどくん、と大きく脈打ち、早乙女の指先が触れる頬にはカッと血が上ってきた。

「身体は欲しいと言ってるよ?」

ちら、と早乙女が俺の、既に勃ちきっている雄を見下ろし、にや、といやらしげに笑ってみせる。

「……誰が……っ……」

実際、肌は火照《ほて》りまくり、身体の奥で燻《くすぶ》る欲情の焔《ほむら》に屈してしまいそうな状態ではあったのだが、羞恥《しゅうち》の念が俺に悪態をつかせた。

「奥さん、頑張るね」

相変わらず悪ふざけを続けていた早乙女が、更に意地の悪い顔になって笑う。

「そう頑張られると、少し苛《いじ》めたくなってしまう」

早乙女がすっと身体を起こし、自分のネクタイの結び目に指を入れたかと思うと、しゅるり、とそのネクタイを解く。ゆっくりとした動作で自分の首からネクタイを外したあと彼は、俺の目の前でそれをパシッと鳴らし、信じられないような行動に出始めた。

「おい……っ」

なんと彼は、俺の腹の上から腿《もも》の上へと身体を移動させると、既に勃ち上がっていた俺の雄の根元をその黒いネクタイできゅっと縛り上げたのだ。

「よせ……っ」

結び目のキツさに痛みを呼び起こされ、思わず叫ぶと早乙女は、

「大丈夫？」

とまるでいたわるような問いをしてきたあと、大丈夫のわけがない、と吠えようとした俺の上から退き、身体を仰向けからうつ伏せにした。

「何を……っ」

じんとした下肢の痛みのせいで、手脚が上手く動かない。その間に早乙女は俺の胴を両手で摑み腰を持ち上げると、両脚を開かせ四つん這いのような格好を強引に取らせた。

「ねえ、ユキちゃん」

そうして俺の背にのし掛かり、耳もとに唇を寄せてきた彼の指が、俺の後孔をさすりはじめ

る。

「……っ」

ぞわ、とした刺激が背筋を上り、びくっと身体が震えてしまう。その震えを抑え込むかのようにゆっくりと体重をかけながら、早乙女が耳朶に息を吹きかけるようにして囁きかけてきた。

「今、自分がどんな格好してるか、知ってる?」

「……な……っ」

笑いを含んだ早乙女の声は、俺に改めて自分がどれだけ恥ずかしい格好をとらされているかを自覚させるに充分だった。

「手を縛られて裸に剝かれてる。高く腰を上げさせられてさ。すっかり勃ち上がったそれは、粗相をしないようにきゅっと根元を縛られてる。すごくいやらしい格好だ。わかってる?」

「……わかるか……っ……」

充分自覚しているところを、早乙女にいちいち描写され、ますます羞恥を煽られていた俺はそう吐き捨てると更に悪態をつこうとしたのだが、その言葉は彼がつぷ、と指先を後ろに挿入してきたために、息と共に喉の奥へと呑み込まれてしまった。

「これから君はもっといやらしい格好をするんだよ」

囁きながら早乙女が、指を俺の中へとゆっくり埋め込んでいく。

「最近、ユキちゃん、後ろでも充分感じられるようになっただろう? それを今日は見せてもらうよ」

「……なに……を……っ……」

早乙女はおそらくわざとなんだろう、ネチネチとしたいやらしげな喋り方をしていた、が、彼の動きもまた、いつになくねちっこかった。一本目の指をぐっと奥まで挿入させたあと、双丘を摑んでそこをひらかせ、続けて二本目の指をねじ込んでくる。

「や……っ……」

ひくつく内壁が彼の指を締め上げたのが自分でもわかった。最初ゆっくりと、次第に乱暴なほどの速さで早乙女が、俺の中をかき回し始める。

「……うっ……あっ……」

彼の指を追いかけるようにざわめくうしろの動きに、腰が捩れそうになる。早乙女に耳もとでクスリと笑われてそのことに気づき、羞恥と悔しさに耐えかね、込み上げてくる快楽に溺れまいと俺は、両脚に力を込め身体を支えようとした。

「ユキちゃんは本当に意地っ張りだな」

やれやれ、と早乙女がわざとらしく溜め息をついたあとに、もう一本、指を挿入してくる。

「あっ……」

「ほら、ここが前立腺」

三本目の指が入り口近くのコリッとしたものを強く圧《お》したとき、俺の身体はびくっと震え、根元を縛られた雄の先端から、つうっと一滴先走りの液が零《こぼ》れた。

「ここが気持ちいいんだよね」

早乙女がそう囁いた次の瞬間、三本の指が素早く蠢《うごめ》き始め、『前立腺』と言われた部分を次々と順番に圧していく。その刺激は俺の身体に燻《くすぶ》っていた欲情を煽り立て、俺から羞恥や気力を吹き飛ばした。

「やっ……あっ……あっ……」

気づいたときには俺の腰は早乙女の指の動きに合わせ、前後に揺れてしまっていた。指で抉《えぐ》られる中は熱く滾《たぎ》り、自分の意志を超えたところで激しく蠢いては早乙女の指を締め上げる。

「う……っ……うぅっ……」

次第に腰の動きが速まっていくに連れ、ネクタイで縛られた部分がじんじんとした痛みを覚え始めた。その頃には俺の意識は随分朦朧《もうろう》としてしまっていたので、痛みの原因を忘れており、視線をその方へと向けていた。

「ぁ……っ」

途端に目に飛び込んできた光景に、俺の意識は瞬時にして戻り、羞恥が舞い戻ってくる。勃ちきり、ドクドクと脈打つ赤黒い雄の根元にはしっかりと黒いネクタイが回り、床に垂れる長いその先端が淫靡《いんび》に揺れている。それが、自身の腰の揺れのせいだと気づかされ、とてつもない恥ずかしさを感じた俺は眼を逸《そ》らそうとしたのだが、

「見てごらん」

そのとき早乙女の掠れた声が耳もとで響き、俺の動きを制した。

「こんなに腰を揺らして……いやらしいと思わないかい？」

「……っ……」

言われるまでもなくいやらしい、と動きを止めたいのに、俺の意志はまるで身体に伝わらず、一段と激しくなった早乙女の指の動きに合わせ、更に激しく前後に腰が動いてしまう。

「きつく縛っているのに、ほら、先から雫《しずく》が零れそうになってる。そんなに気持ちいいのかな？」

その上いかにもいやらしく早乙女にそんなことを囁かれては、更に俺の動きは活発になり、まるで思考が働かなくなってきた。

「他にどこも弄ってないのに、もう後ろだけでこんなに感じてるの？　いやらしいね」

「ちが……っ」

淫靡な囁きが俺の身体を欲情の渦《うず》へと放り込み、ますます意識が朦朧としてきてしまう。それでも僅《わず》かばかりに残っていた正気が、早乙女の言葉どおり、後ろへの刺激で我を忘れるほどに乱れてきてしまっている己の身体を受け入れがたく思ったのか、意識しないうちに早乙女に反発するような言葉を発してしまっていたのだが、それがまた早乙女の加虐の心に火をつけたらしい。

「ふうん、違うのか」

やたらと意地悪そうな囁きが耳もとで響いたと同時に、一気に後ろから指が抜かれた。

「やっ……」

失われた指を求めて後ろが酷くざわめき、腰が捩れる。独力では身体を支えていられなくなりそのまま床へと横に倒れ込んだ俺は、相変わらずひくひくと激しく収縮する後ろの動きを抑えかねていたのだが、そんな俺の身体に早乙女は手をかけ仰向けにすると、両脚を大きく開かせて持ち上げ、俺の身体を二つ折りにした。

「なに……っ」

「違うというのなら、しっかりと見ているといい。自分がどれだけ感じているかをね」

腹に勃ちきった雄の先端が擦れ、その刺激に身を竦《すく》ませた俺に早乙女はのし掛かってきながら、そう言い笑うと指を二本立てて示してみせ、それをずぶりと、ひくつき、わなないていた俺の後ろに突っ込んでくる。

「あぁっ……」

後ろが一気にざわめき、挿入された指を締め上げたのがわかった。ぐっと前立腺を押されたことで、俺の雄はドクンと大きく脈打ち、根元への締め付けがまたきつくなる。

「いた……っ……あっ……」

そのまま乱暴に中をかき回されるのに、雄はますます脈打ち、じんじんと痺れを増していく。

「ね、違わないだろう？」

激しく首を横に振り、痛みだか快感だかわからない感覚に身悶《みもだ》えている俺の頭の上で、早乙女の掠れた声が響いた。

「こんなにも後ろで感じてる……わかるかい？」

言いながらもう一本指を増やし、ぐちゃぐちゃと中をかき回す彼の言葉に、俺の首は横から縦へと振られていた。

「目を閉じてないで、見てごらん。ほら、ユキちゃん」

言われて初めて俺はいつしかぎゅっと目を閉じていたことに気づいた。早乙女の声に誘われ、薄く開いた目の先には、腹に擦りつけられる己の先端から盛り上がる透明な雫が、その向こうには両脚を開かされ、腰を不自然に上げさせられた己の姿が、露わにされた後孔を出入りする、早乙女の繊細な指先が見え、なぜか俺の目はその光景に釘付けになっていった。

「指じゃ足りないんじゃないかな？　もっと奥まで入れてほしいものがあるでしょう？」

ずぶずぶと指で奥を抉りながら歌うような口調で早乙女が俺に問うてくる。

「わから……っ……な……っ……」

早乙女の言葉を聞いた途端、もどかしさが俺の身体を駆け抜けていった。言われたとおり、指じゃなくもっと太いものが——奥底まで満たしてくれるものが欲しくて欲しくてたまらなくなる。

「欲しいって言ってごらん。さあ」

朦朧とした意識の下、頭の上で響く早乙女の声に誘われ、俺の口が開く。

「ほし……っ……あっ……」

「何が欲しいの？」

相変わらず歌うような口調の彼の声は甘美な響きを湛《たた》え、ますます俺を快楽の淵へと追いやっていく。

「言ってごらん？　何がほしいの？」

さあ、と促されるままに、俺の口が再び開く。

「もっと……っ……奥まで……っ……あっ……満たしてくれる……っ……ものが……っ」

頭の中の言葉が、声となって唇からこぼれ落ちていく。

「太くて……っ……あっ……長い……っ……ものが……っ……」

ほしい、と告げたそのとき、またも一気に後ろから指を引き抜かれ、再びぎゅっと目を閉じていた俺は、はっとして目を開いた。

「これ？」

いつの間にか前を寛《くつろ》げ、猛る雄を取り出していた早乙女が、にっこりと俺に笑いかけ尋ねてくる。

「……う……」

コクコクと激しく首を縦に振るたび、根元をネクタイで縛られた雄が腹に擦れ、先走りの液を肌に零していた。

「欲しいって言ってごらん」

言いながら早乙女は手にしたそれを少し持ち上げてみせる。

「ほし……っ……」

欲しい――頭に浮かんだ言葉がそのまま、俺の唇から零れ落ちる。

「そう？」

早乙女は満足そうに笑うと、俺の両脚を抱え直し、ひくつくそこに先端を二度、三度と擦りつけてきた。

「やっ……」

擦りつけるだけで挿れようとしない早乙女に焦れ、自ら腰を持ち上げていることにまだこのとき俺は気づいていなかった。

「挿れて、と言ったら、挿れてあげよう」

すっと腰を引かれ、空振りしてはじめて己の浅ましい動きに気づきはしたが、最早我慢は限界だった。

「いれて……っ……」

脳の中がダダ漏れの状態の今、羞恥に身を焼くことも、言いなりになることへの反発も生まれなかった。思うがまま、望むがままに告げた俺に向かい早乙女は「へえ」と目を見開いたあ

と、

「わかった」

それは優雅に微笑むと、ぐっと腰を進めてきた。

「あぁっ……」

ずぶり、と彼の太い雄が——俺が求めてやまなかった、奥底まで俺を満たしてくれるそれが、俺の中に挿ってくる。待ち侘《わ》びた感触に中はざわめき、一気に彼の雄を締め上げた。

「痛っ……」

同時にどくん、と俺の雄は大きく脈打ち、激痛といってもいい痛みを根元に覚える。昂《たか》まりに昂まりきっていたところに、更なる快感を与えられ、ついに限界を迎えた俺の耳に早乙女の声が響いた。

「もう、解いてもいいよ。ユキちゃん」

「……あ……」

言われてはじめて、自分で解けばいいのだ、ということに気づいた。普段なら馬鹿じゃないかと自己嫌悪に陥《おちい》るところだが、今はその余裕がなかった。

縛られている手を結び目に伸ばす。さあ解こうとしたそのとき、またも両脚を抱え直されたかと思うと、いきなり激しい突き上げが始まった。

「あっ……あぁっ……あっ……」

激しく腰を使い始めた早乙女の動きに、俺のそこにはまた一気に血液が集まり、痛くて痛くてたまらなくなった。

「やめ……っ……あっ……さおと……っ……めっ……」

待ってくれ、と叫びたいのに、言葉にならない。それをいいことにズンズンと奥を抉るように、力強く腰を打ち付けてくる早乙女の動きは止まらず、それどころか更に激しく、俺に腰をぶつけてくる。

「あっ……やっ……あっ……」

きつく締めつけられるネクタイから解放されたくて、縛られ、自由にならない手ながら俺は必死で結び目を解こうとするのだが、早乙女の突き上げのせいで下肢が揺れ、上手く解くことができない。

低く声を漏らしながら、早乙女は俺に腰をぶつけ続ける。ただでさえ混濁していた意識は更に混濁し、視界が霞《かす》む中、必死で俺は快楽の発露を求め、ネクタイの結び目を解こうとしていた。

「あっ……あぁっ……あっあっあっ……」

気力でなんとか結び目に指を突っ込み、緩めることが出来たその瞬間俺は達し、白濁した液をこれでもかというほどに己の腹に飛ばしてしまった。

「くっ……」

早乙女もほぼ同時に達したようで、俺の上で伸び上がるような姿勢になったあと、気を失う寸前の俺に覆い被さり、唇を寄せてくる。

「……ユキちゃん……」

囁く彼の息が唇にかかったとき、びく、と俺の身体が反応した。

「ユキちゃん」

再び名を呼ばれたときにまた、びく、と震えてしまった身体を、早乙女がぎゅっと抱き締めてくる。

「……意地悪して、ごめんね」

くすりと笑った息がまた俺の唇にかかった次の瞬間、早乙女の熱い唇を唇に感じた。

「ん……」

意地悪ってなんだろう——少し考えれば、手首を縛られいきなり押し倒されたこと然り、雄の根元をきつく締め上げられたこと然り、『後ろで感じているか』と言葉を強要されたこと然り、違うというのなら見せてやろうと恥辱に満ちた行為を強いてきたこと然り、挙げ句の果てには『挿れろ』と言うまで挿入しないと言われたこと然り——一から百まで『意地悪』に当てはまることをされていたというのに、そのときの俺にはそれらの行為が一つとして思い浮かばず、それどころか俺はくちづけを与えてくる早乙女の背を、いつしか自由を取り戻していた両腕で抱き寄せてさえしまっていた。

「……ユキちゃん……」

名を呼ぶ声はあまりにも甘く、俺を安らぎの世界へと誘っていく。

「大好きだよ、ユキちゃん」

囁かれ、再び唇を塞《ふさ》がれた瞬間、なぜか俺の胸に熱いものが込み上げ、閉じた目の奥に涙が滲んできてしまった。

なぜにこんな気分になるのか——追及するより前に、激しい行為に疲れ果てた身体は休息を求めていたようで、俺は彼の腕の中でそのまま意識を失ってしまったようだった。


目覚めたときに俺は一瞬、自分がどこにいるのかわからなかった。

ゆっくりと身体を起こし、早乙女の実家の離れに寝ていることに気づく。二つ並べて敷いてあった布団の片方に俺は寝かされていた。身につけているのが早乙女愛用のあの花柄の緋襦袢《ひじゅばん》と気づき、まったく、と俺は天を仰《あお》いだ。

先ほどまでの行為が怒濤《どとう》のように思い起こされ、乱れに乱れた己の痴態《ちたい》に自己嫌悪の溜め息をついた俺は、そういえば早乙女はどこにいったのだ、と室内を見回した。

部屋の中に彼の姿はなく、敷かれた布団の枕元にきっちりと畳《たた》まれた喪服だけが残っている。

その喪服を見るつもりもなく眺《なが》めていた俺の耳に、美人の声が蘇《よみがえ》った。

『文人様が毎年、お母様のお命日にこの家にいらっしゃるのには理由があるのです』

父親の贖罪《しょくざい》のために、早乙女は毎年母親の命日に実家を訪れるのだと、美人は教えてくれた。

もしや早乙女は今、彼の父と母の思い出を語らいつつ、酒でも酌《く》み交わしているのかもしれない。そう思う俺の脳裏に、早乙女の端正というにはあまりある顔が浮かぶ。

常にふざけているようにしか見えないあの早乙女の胸の内に、本当にそんな思いやりに溢れた気持ちが隠されているというのだろうか。どうせ美人の買いかぶりだろう、と心の中で悪態をつきはしたものの、自分が実際その言葉に納得していないということは、誰よりよくわかっていた。

母を亡くしたときに早乙女は、泣いたのだろうか。

ふと頭に浮かんだ疑問に、それを知ってどうする、と俺は苦笑する。

別にどうでもいいじゃないか、と思いはしたが、同時に俺は、きっと彼は泣いたとしても、決して父親に気づかれぬように泣いたのだろうな、とも考えていた。

実際どうであったのか、確かめる日は来ないだろう。それでも俺は、自身の考えは誤っていないに違いないという確信を、そのときなぜか抱いてしまっていた。

END

ラヴァーズ文庫4周年
おめでとうございます！

今後益々のレーベルのご発展と
スタッフの皆様のご健勝を
心よりお祈り申し上げます。

ラヴァーズ文庫様で、まさかシリーズ（？）を書かせていただけるとは、思っていませんでした。
『新宿退屈男』皆様、楽しんでいただけていますでしょうか？（ドキドキ）
個人的には、奈良千春先生に、こんなに沢山自キャラを描いていただけるなんて♡と幸せに打ち震えています。（本当にどうもありがとうございます！色々とご迷惑をおかけし、申し訳ありません（汗））
ラブ♡コレもどうか皆様に楽しんでいただけますように♡

2008年4月吉日

愁堂れな

[redacted]様にも いつもご迷惑をおかけしています。すみません…。

CHIHARU NARA Presents
✦奈良千春 ラフ画特集✦
新宿退屈男〜欲望の法則〜
FILE no. XXX
ネガ

退屈男①
ユキ
サラサラの黒

追屋男②
早之井

退屈男③
○次郎
京

と美人
退屈男㊥
春野さん
歯が光る

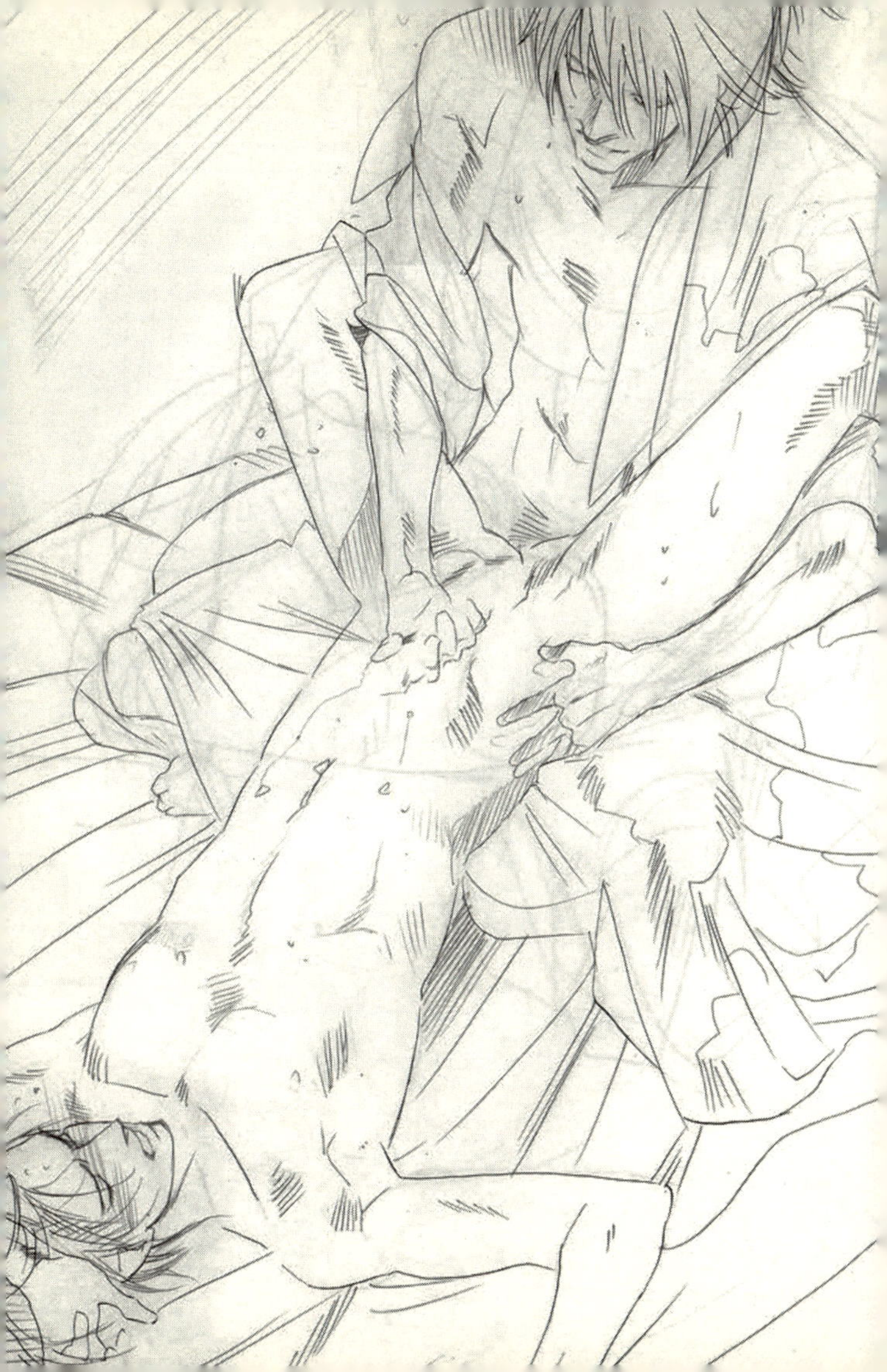

男と女の上着

新宿退屈男～快楽の祭典～

表紙用

姫井と野々宮

出口《バック》
ようこそ北急へ♡

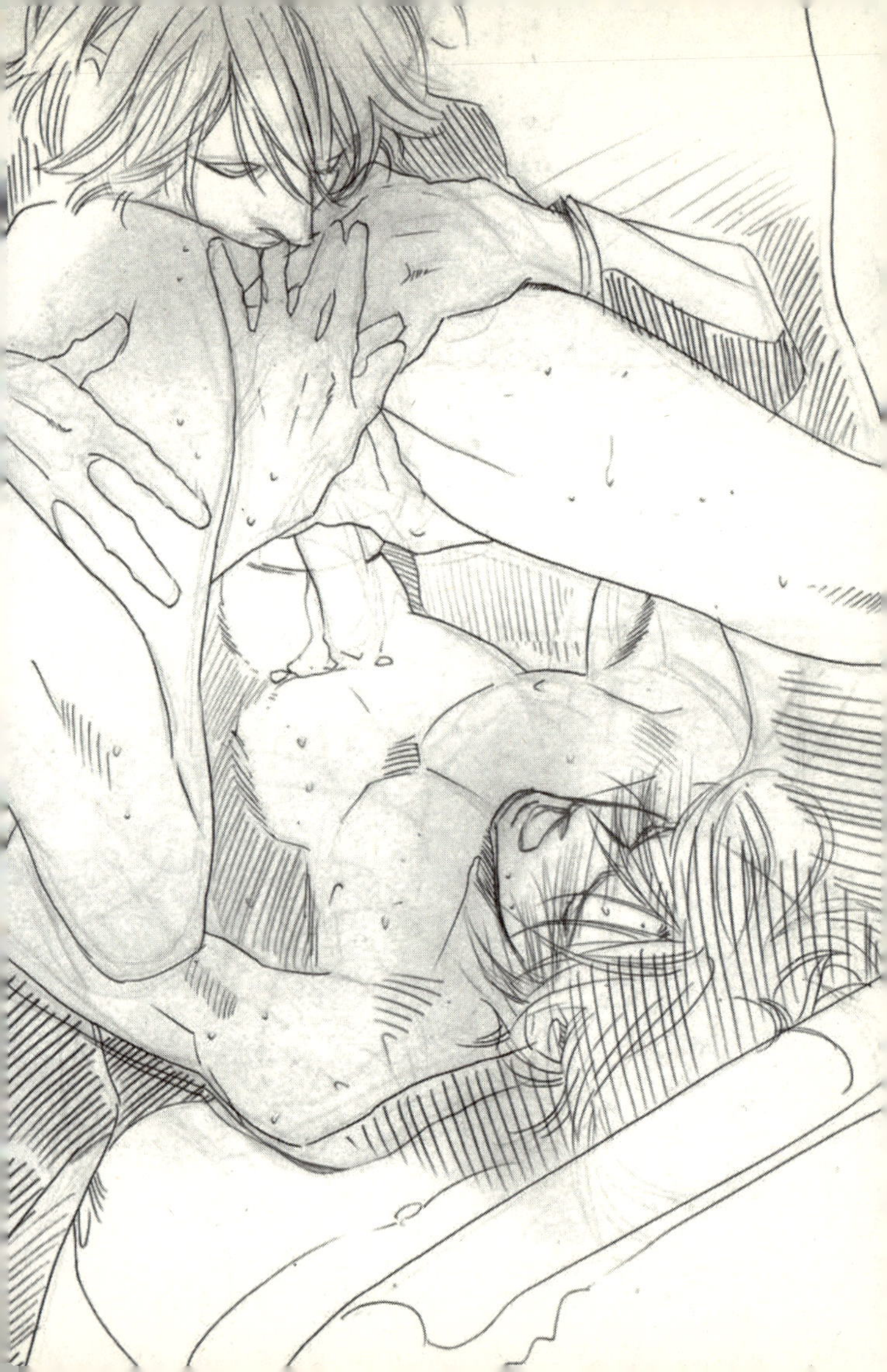

課長 VOL.4 奈良千春

何 早いじゃないか 予定では10時だったはず
刑事課
ああ このまま放っておくとまずいな…
聞かないわけには…
いくまい
ファ…
……どう…されますか？ 課長
ピーポー
パーポー
ピー…
ばさっ
とんこつで。
けっこうこってり派ですかっ
俺のとんこつ
麺々
夜食デリ↑
終

祝4周年
おめでとうございます!
今後も益々のご発展を願って。
2008. 奈良千春

半身《はんしん》
Hana 夜光花 Yakou
ILLUSTRATION 高階佑 YUH·TAKASHINA

扉から姿を現した男は、一瞬だけ意外そうな顔をして目の前の椅子《いす》に座った。

この男が白以外を身にまとうのを見るのは久しぶりだ。青い作業着に汚れた靴。そんな格好でもそれなりに見えるのは顔と体格がいいからだろう。相変わらずすらりとした身体つきと冷淡な眼差しをガラス越しに見て、緒方奈義《おがたなぎ》は皮肉っぽく笑った。

「問題は起こしてないのかよ」

奈義の言葉に古閑《こが》がうっすらと笑って顎《あご》をしゃくる。

「俺は模範生だ。なぁ、刑務官さん？」

古閑が部屋の隅で待機している制服の男に向かって声をかける。制服の男は苦笑いして何も答えなかった。

市街地にあるこの刑務所は、簡素な色で統一されている味気のない建物だ。高い塀に囲まれ、受刑者たちは日々規則に縛られた生活を送っている。奈義がこの刑務所を訪れたのは初めてで、自分がしばらく厄介《やっかい》になっていた拘置所《こうちしょ》はもっと設備が古かった。

「お前がわざわざ会いに来るとはどういう風の吹き回しだ？　当ててやろうか。どうせあの神父さんに頼まれて来たんだろう？」

椅子に寄りかかり、古閑が視線を逸《そ》らしながら呟《つぶや》く。面会を申し出た室内は狭く、ガラス越しにしか古閑とは話せない。受刑者である古閑の傍《そば》には制服を着た刑務官がいて、常に二人の様子に目を配っている。

「そうでなきゃ誰が来るかよ、わざわざお前に会いに」

憎まれ口を叩《たた》いて奈義は机に頬杖《ほおづえ》をついた。

「は、まったく頭のいかれた神父だな。あそこの具合は悪くなかったが、俺とお前を仲直りでもさせようとしているのか、理解に苦しむ」

古閑の薄く笑った唇にカチンときて、奈義はじろりと視線を送った。

「おい、あれは俺が先に唾《つば》をつけたんだから、変なちょっかいはやめてもらいたいね」

「男の嫉妬《しっと》は見苦しいぞ。なんなら出所したら3Pしようか、あの神父さんなら悦《よろこ》んで腰を振りそうだ」

「馬鹿、誰がてめぇと共有するか」

言い合いを続けた後、ふっと笑って古閑が指先で唇をなぞった。煙草《たばこ》が欲しいのかもしれない。口寂しそうだ。

「本当に、お前とは趣味が合うから困る…」

低い呟きに奈義は顔を顰《しか》めて古閑から視線を外した。

古閑とは養護施設からの知り合いだった。物心つく前に両親が亡くなり、引き取ってくれる親戚もいないまま奈義は養護施設に入れられた。十歳になった頃、古閑が職員に案内され現れて、同い年だから仲良くしなさいと言われた。

古閑はいけすかないガキだった。

同い年といっても最初からどこか人とは違う空気を匂《にお》わせていて、子どもなのに冷めた目つきをしているのが苦手だった。要領だけはよく、大人の手をわずらわせないという面では養護施設では優等生だったと思う。小さな子の面倒も見ていたし、喧嘩《けんか》をしているのも見かけなかった。

古閑と施設で暮らすようになって、すぐに噂《うわさ》は広まった。古閑の両親が殺人罪で獄中にいるということが。

当然そんな古閑に近づく子どもは少なく、大人たちでさえどこか遠慮しながら面倒を見ているのがありありと分かった。それでも古閑は何か憤《いきどお》るわけでもなく淡々と日々の暮らしを続けているのが印象に残った。

奈義にとっては古閑は最初から気に食わない相手だった。自分を見ようとしない、まるで歯《し》牙《が》にもかけない、といった態度が子どもなりのプライドを傷つけた。何度かちょっかいをかけてみたが古閑は冷静で、毎度つまらないといった目で見られるのに一人で腹を立てていた。

そんなある日、互いに小学六年生になった頃、古閑がクラスの連中ともめているのを見かけた。

校庭の隅《すみ》にある体育用具室の近くで、五、六人の男子に囲まれ何か言い争いをしていた。主に怒鳴っているのは古閑以外の男子で、何かを盗んだとか盗まないとかわめいて古閑をつるし上げている様子だった。

最初は面白がって隠れて眺めていたのだが、一人の男子に目敏《めざと》く見つけられ、同じ養護施設だからお前もグルだろうと言われてカチンときた。今もそうだがこの頃も短気で、すぐに腹が立つと相手に飛びかかってしまうのが奈義の悪い癖《くせ》だった。当然カッときた男子たちと喧嘩になり、地面に転がり合う状態になった。

そんな最中に、呆れた事態が起きた。当の古閑が涼《すず》しい顔でさっさと帰ろうとしたのだ。

「てめぇ、クソ！　ふざけんなよ！　古閑、誰の喧嘩だよ！」

手近の奴を蹴り飛ばしながら古閑に向かって怒鳴りつけると、さも嫌そうな顔をして古閑が振り返ってため息を吐《つ》いた。

「観に来たお前が悪いんだろ」

古閑は渋々といった顔で戻ってきて、ようやく喧嘩に加わった。驚いたことに古閑は強く、長い手足が繰り出す攻撃は男子たちをあっという間に地面に倒した。

「おい、緒方。お前も手伝え」

綺麗《きれい》な顔で汚れた手を叩くと、古閑はそう言うなり手前の男子のズボンを脱がせ始めた。何をするのかと思ったら、痛さに呻《うめ》いている男子たちのズボンと下着を次々と脱がせ始め、ひとまとめにした。

そして集めたズボンと下着をごみ焼却所に捨てて、古閑は何事もなかったかのように帰路についた。

「ひっでぇことすんな、お前…」

「報復だ、報復」

「で、何のいちゃもんつけられてたんだよ」

「知らない。ペンケースを盗んだとか言ってたな」

帰り道にそんな会話をした記憶がある。その後結局ペンケースは落ちていたといって教師が預かっていたらしく、古閑の濡《ぬ》れ衣《ぎぬ》は晴らされた。だがくだんの一件で古閑を怒らせると怖いという噂が流れ、ますます古閑は孤立するようになった。奈義は何となく古閑といると落ちつくというのもあってよく傍にいた。まともな家庭で育ったわけではないという負い目が奈義にはあって、古閑といるほうが気が楽だった。それに喧嘩の一件以来古閑の目が奈義に向くようになり、ひそかな優越感を抱いていた。他人を芋《いも》かカボチャにしか思っていない古閑の目に、きちんと人間として映っているのを感じた。

中学生になり、自然と古閑とは一緒にいる時間が多くなった。古閑は何をやらせてもそつがなく、勉強もスポーツもいつもトップクラスだった。口には出さないが、相当の負けず嫌いだというのが奈義には分かっている。自分もそうだからだ。養護施設の子というだけで憐《あわ》れんだ目で見られるのがひどく嫌で、奈義もいつも勉強もスポーツも手を抜かなかった。誰に負けるのも嫌だったが、特に古閑には置いていかれたくないという気持ちが強かった。またそんな奈義を、古閑も認めるようになり、自然と仲間意識が芽生《めば》えてきたように思う。

一方で喧嘩もよくした。

古閑とはささいな意見のぶつかり合いでしょっちゅう対立しあっていた。特に困ったのが好きになる女性のタイプが似ていたことだ。大人に成長し始めた身体は力を持て余して、じっくり考えるよりぶつかるほうが楽だった。奈義も古閑も女性受けする顔と体格を持っていたので、色恋沙汰《ざた》は尽きなかった。大抵どちらかの手に女性が落ちると手に入れたほうの興味が失せ、しばらくすると別れるというパターンだ。要するにこんなことでも古閑と競い合っていただけにすぎない。

だが一度だけ、互いに一歩も譲らずに長くいがみ合っていた恋がある。

線の細い子だった。折れそうな腕に儚《はかな》げな顔、おまけに依存症の気があって、こちらが何か言うと何でも受け入れてくれる性格だった。いいなりになる恋人が欲しかったわけではないが、どんなことがあっても裏切らないという盲目《もうもく》的な性格に、奈義も古閑も強く惹《ひ》かれた。

今思えばあれは両親のいない奈義にとって、母性に近いものを求めた結果なのではないかという気がしてならない。あの時自分はそういう女性を求めていた。古閑も多分そうだ。絶対に裏切らない対象を求めていたと思う。無自覚だったけれど、それくらい自分たちは愛情に飢《う》えていたのかも知れない。

結局、奈義と古閑の間にはさまれて、彼女はどちらも選べなくなって自殺未遂《みすい》を繰り返すようになった。

その後どこか親戚の家へ預けられたと聞く。自殺未遂に走った時点で奈義も古閑も彼女からは手を引いた。彼女を追いつめてしまったという懺悔《ざんげ》の念と共に、彼女の弱さに熱が冷めたというのもあった。

確かな、ゆるぎない愛情、というのを求めていた気がする。

それは多分、今も。

古閑とは中学校を卒業する時点で別れた。

古閑は父親の知り合いだという男に援助をしてもらい、遠くの全寮制の高校に通うと知らされた。一度だけ会ったその男性は、どうみても堅気《かたぎ》の人間には見えなかった。奈義は古閑がどういう考えでその男を頼ったかは分からない。だがいつも古閑はあきらめたような顔をして呟いていた。

「俺の人生はもう決められている」

その言葉を聞くたびに、古閑に対する憐れみとも憤りともつかぬ感情が湧《わ》き出てくる。両親が殺人を犯した以上、これからもずっと古閑の人生には暗い影がつきまとう。それはどれだけ振り払っても、どれだけ消し去ろうとしても、こびりついた泥のように離れないのだろう。

他人の心配をするほど自分の人生に華々しい道があるわけではないが、古閑の行く末に明るい光があればいいと願った。

成長して、再び出会った時、古閑は予想通り裏稼業《うらかぎょう》に身をおいていた。昔と変わらない、どこか冷めた眼差しと独特の雰囲気をもって。

白い服に固執《こしつ》する古閑を見て、それは彼なりの抵抗なのではないかと思えてならなかった。

刑務所に収監された古閑は、思ったよりも飄々《ひょうひょう》として元気そうだった。

奈義を見る目つきに殺意が消えたのは驚くべきことだった。一度は互いに銃《じゅう》を向け合い殺し合おうとしていたのが嘘《うそ》のようだ。それもこれもあの神父の介入のせいなら、少しは神の存在を信じてもいい。

「古閑、お前…ムショ出たらまた戻るのか…あそこに」

古閑の所属していた清栄会《せいえいかい》は、警察のがさ入れでだいぶ苦しんでいると聞く。幹部の何人かは捕まったようだし、奈義が知っている限りの違法な金の流れを洗いざらい漏《も》らしたので、対応に四苦八苦しているらしい。

「行くところがないからな」

ガラス窓の向こうに座っている古閑が淡々と答える。奈義はわずかに逡巡《しゅんじゅん》して、思い切って口を開いた。

「俺が言ったわけじゃねぇぞ…、いいか」

前置きして古閑を見つめ、奈義は言葉を告げる。

「行く場所がなかったらいつでも来い、だとよ…。教会で待ってるってさ」

誰が言ったかは告げなかったが、教会と聞いてすぐに古閑が目を丸くし、ぽかんとした顔で奈義を見返す。古閑のこんな顔を見るのは子どもの時以来だ。

「……ぶ…っ」

噴き出すようにして古閑が笑い始め、思ったとおりの反応に奈義もため息を吐いた。絶対笑われるから嫌だと言ったのに、あの神父は必ず伝えてくれとうるさかった。大体こんな危ない男を教会に招くなんて正気の沙汰ではない。こっちだって困る。四六時中神父のケツを守るのは至難の技だ。

「あの神父…いかれてる…」

机に突っ伏して古閑が笑っている。肩を震わせて。笑いたいだけ笑い続けると、古閑は髪をかき上げ、目を細めて奈義を見た。

「この俺に改心して聖職者でも目指せって言うつもりか？　神父の服は黒いから趣味に合わないな。それとも無償で他人のために働けと？　どっちみち頭がおかしいとしか思えないね」

くっくっく、と古閑はおかしそうに肩を揺らしている。

「あの神父、俺に気でもあるんじゃねぇか？　何にせよ、つけいる隙《すき》はありそうだな。間男なんて性に合わないが、あの神父ならなってもいいね」

「だからあれは俺のだって。言っておくけど、俺は来てほしくないから来るなよ。刺された恨《うら》みは忘れてねぇぞ」

「生きてんだから構わねぇだろ。大体とどめをささずに湖に落としたのは俺の情けだぜ。そのまま大人しくしてりゃ死んだことにしておいてやれたものを」

「フン、今となっては何とでも言えるな」

憎まれ口を叩き合って、ニヤリと笑う。

「――そろそろ、時間です」

会話が途切れたのを見計らって、刑務官が声をかけてくる。面会時間はもう終わったようだ。

古閑が立ち上がるのを見つめ、子どもの頃の面影を探そうとした。

古閑は数歩歩いてドアに近づくと、かすかに困った顔でふりむいて唇を吊り上げた。

「…緒方、もう来るなよ」

短く、囁《ささや》くように古閑が言う。

「来たくて来たんじゃねぇよ。あの神父に言ってくれ」

そっぽを向いてそう答える。わずかに古閑が笑ったような空気が感じられたが、ドアの向こうに消えたので分からなかった。


コンコンと軽く車の窓を叩かれ、奈義は音のするほうへ目を向けた。

黒い神父服を身にまとった男がドアを開けて助手席に滑《すべ》り込んでくる。手に持っていた聖書を袋の中へいれ、ふうと軽くため息を吐いて振り返った。

「お待たせしました。帰りましょうか」

葛木真人《かつらぎまさと》は慰問《いもん》を終え、若干《じゃっかん》疲れた顔をしてシートベルトを締めた。刑務所で数人の服役囚との面談をしてきたらしく、少し表情が曇《くも》っている。線の細い綺麗な顎のラインを見つめ、奈義はエンジンをかけた。

「どうして人は罪を犯すのでしょうか…」

動き出した車の中で、物憂げな顔をして真人は呟く。神父というのが彼の仕事だが、奈義はあまり合っていないと思っている。スータンという神父の服装で身を覆うには、綺麗すぎる。

憂いを秘めた目も、その柔らかな印象の顔も、人に説教する立場の人間には似つかわしくない。こうして隣にいるだけでも奈義はその黒い服を脱がしたくてたまらなくなっているというのに、本人は涼しい顔で迷える子羊に思いを馳《は》せている。

何度抱いてもまだ処女みたいな顔をする。そこがたまらなく魅力的だ。

「古閑には会ったのか？」

信号で車を停め、話を振ってみる。真人は「いいえ」と答えて口元に笑みを浮かべた。

「私は今日は遠慮しましたよ。奈義と話すほうが有意義だと思いますからね」

真人は奈義が古閑と面会したのがよほど嬉しいらしく、古閑の話になると笑顔が戻ってきた。少し妬《や》ける。この神父は時々平気で人の気持ちを逆なでする時がある。大体今日だって自分は古閑に面会するつもりなどなかった。けれど真人は熱心に奈義を口説き、古閑と話すように勧めてきた。真人は自分と古閑を兄弟のような関係と思っているから、以前のように仲良くなってほしいと願っているのだろう。余計なお世話だが。

本当に真人といると、変に心を掻《か》き乱されて困る。

最初に抱いた時もそうだ。あの時自分は、聖なるもの、無垢《むく》なるものを犯して何かに仕返しをしたかっただけなのだ。この不条理な世の中に。不平等な人生に。神父を陵辱《りょうじょく》することで、溜飲《りゅういん》を下げたかった。

こんなにどっぷりとはまるとは思いもせず。

古閑たち清栄会ともめ、隠れていた教会を一度離れた時に、本当はそのまま海外にでも逃げのびて別人のように暮らそうと考えていた。それがどうだろう。まるで悔い改めてしまったみたいに警察に駆け込み、真っ当な道を歩もうとしている。

もう一度あのお綺麗な顔をした神父に会いたくなった。ただそれだけの理由で。

「奈義、道が違いますよ」

車の運転に没頭していた奈義に、横から真人の声がかかる。車は教会とはまったく違う方向の繁華街へと進んでいる。

「ラブホ行こうぜ」

「な…っ」

奈義の誘いに真人が仰天《ぎょうてん》した顔で身を引く。その顔が腹を立てたように強張《こわば》り、まなじりをキッと上げる。

「何を馬鹿なことをいってるんですか！　奈義、こんな昼間から不謹慎な…っ、大体神父がそのような場所に通うなんて、ありえません」

真っ赤になって真人が怒っている。教会の中だと背徳感で毎回滅入っているようだからわざわざそういう場所へ誘ってやったのに、汚らわしいと言わんばかりに睨《にら》まれてしまった。

「じゃあ、どこでやるんだよ」

ちらりと横を見て問いかけると、真人は赤くなった顔でうつむいてもじもじしている。

「わ、私は神父ですから…そのような…そういうのは困ると…。あなたとはプラトニックな関係で愛情を確かめ合えればと…」

小声で真人が困ったように呟いている。奈義はあきれ返り、真人を眇《すが》めた目で見やった。

「わけの分からないことをブツブツ言うなよ」

「わ、わけが分からないって…っ」

「あんたがプラトニックで我慢出来るわけねぇだろ。身体が疼《うず》いてすぐ根を上げるに決まってる」

言いながら真人の太ももに手を這わせ、付け根のところへ指をすっと滑らせる。びくりとして真人が真っ赤になり、奈義の手を退けようとした。

「……っ」

ぎゅっと強めに下腹部を握ると、真人が息を詰まらせて身を震わせる。

「ほ、本当に困ります…」

黒い衣服を身にまとって顔を赤らめている姿は、どうみても誘っているようにしか見えない。奈義はねっとりと舐《な》めるように真人を見つめ、ゆっくりと手を離した。

「分かった、確かに神父服でラブホに入ってるとこ見られたらまずいよな。じゃあ別のとこにしてやるよ」

「な、奈義…っ」

アクセルを踏んで、奈義は薄く笑いかけた。

向かった先は湖の先にある人気のない林の奥だった。防空壕《ぼうくうごう》が残っているような開発とは縁遠い場所で、奈義にとってはヤクザに囲まれて死にかけた嫌な思い出のある場所だ。着いた頃にはだいぶ薄暗くなっていて、車を停めると得体の知れない木々のざわめくような音が聞こえてきた。

「な、ぎ…っ、ん…っ」

シートベルトを外して助手席の真人に覆い被さり、素早く口をふさぐ。反射的に目を閉じた真人の唇を深く吸いながら、身体を移動して手を伸ばす。

「うわ…っ」

リクライニングシートを倒すと、びっくりした声を上げて真人が横になった。焦って身を起こそうとする前に、下腹部に手を這わす。布越しに触って驚いた。真人のモノは半勃ちになっている。

「何だよ、これは。いやらしい想像してたのか?」

薄く笑って奈義は下腹部を大きな手で揉《も》み込んだ。すぐに真人のモノは硬くなり、布を押し上げて勃ち上がっていく。

「な、奈義…っ！」

真っ赤になって真人は奈義の行動を阻止しようとしたが、焦るあまりまだシートベルトを外してないことに気づいたらしい。一瞬反応が遅れたのをいいことに、奈義は真人の唇を深く吸い、言葉を奪った。

「…っ、…っ」

キスしながらも手は休めずに、ずっと付け根の部分を擦《こす》っていた。時々漏《も》れる真人の息が荒くなっている。真人は感じやすく、ちょっとの刺激でもすぐにとろんとした目になる。扱いやすいが、心配にもなる部分だ。

「…ぅ、…っ、ふ、ぁ…っ」

唇の隙間から舌をもぐらせてやると、震える唇が開き、可愛い舌を覗《のぞ》かせる。それにねっとりと舌を絡ませ、黒い服の前を開き始めた。いくつかボタンを外し終えたところでシートベルトが邪魔になる。

「シートベルト、外せよ…」

上唇に舌を這わせて、囁く。真人は緩慢な動きでシートベルトを外し、わずかに目の縁を染めた。

「こ…こんなところで…して、誰かに見られたら…」

もうとっくに布の中で性器は硬く張り詰めているのに、真人はまだ理性が残っているようだ。耳朶を甘く噛んで、吐息を吹きかける。びくっと真人の身が竦《すく》み、目を伏せる。

「平気だろ、こんなところ誰も来やしねぇよ…」

ふっくらとした耳朶に歯を当てながら、上衣の前を全部開いた。薄いシャツの上に手を這わせると、もう乳首だって指に引っかかるくらい尖《とが》っている。本当に淫乱な神父だ。

「や、ぁ…っ」

シャツの上から乳首を摘《つま》むと、ひくりと真人が可愛い声を上げた。耳朶を食みながら乳首をシャツの上から引っ掻くと、面白いくらいに反応する。車内が狭くてやりづらいが、時々強めに下腹部を握ってやると、頬が上気していくのが快感だった。

「奈義、こんな…とこで…」

震える手で奈義のシャツを摑み、真人が泣きそうな声を出す。すでにズボンの中で形を変えているそれを布越しに擦り、奈義は唇を吊り上げた。

「そうだな、見られたらまずいよな。じゃあ、脱がさないでおこうか？　このまま、直接触らなくてもイけそうじゃないか？」

意地悪く笑って、下腹部を指先でトントンと叩《たた》く。そんな刺激にすら肩を震わせ、真人は息を喘《あえ》がせている。

「そん……な……っ」

はぁはぁと息を乱し、真人が目を潤《うる》ませて睨んでくる。気持ちよくなってくると真人の目が潤む。本人は自覚していないようだが、その目を見るといつもめちゃめちゃにしてやりたくなって困る。

「直接触って欲しいのかよ…？」

べろりと耳朶に舌を這わせて、囁く。こくりと真人の首が下がり、奈義は笑みを浮かべてシャツのボタンを外し始めた。

「な、奈義…っ」

白いシャツを脱がし、尖って存在を主張している乳首に吸いついた。真人が触って欲しいのは性器だと分かっていたが、意地悪して乳首を舌で弾《はじ》く。

「ひゃ…っ、や…っ、ぁ…っ、な、ぎ…っ」

唾液で濡らし甘く歯を立てると、車内に真人の艶《つや》めいた声が響く。下腹部から手を離し、ほとんど助手席に移動して両方の乳首を弄《いじ》った。指先で摘み、ぐりぐりと強めに擦ってやると、甲高い声が引っ切りなしに漏れた。

「奈義…っ、やぁ…っ、も…っ」

真人に覆い被さるようにして舌で乳首を激しく弾く。無自覚な痴態《ちたい》か、胸がひくひくと震え、突き出すようなしぐさをとる。軽く噛んでみると、引き攣《つ》れた声が飛び出た。

「ひ…っ、ん…っ、あぅ…っ」

乳首を弄っただけでもう真人は頬を赤くし、快楽に蕩《とろ》けたような顔をしている。いやらしい、そそる顔だ。奈義のほうも興奮してきて、急いたしぐさでズボンを脱がし始めた。

「すげぇべとべとだな…。こんなに濡らしてたのか」

ズボンを足首まで落とし、下着をずらすと、真人の性器はとっくにびしょ濡れになっていた。触ってみると、先走りの汁が尻のほうにまでこぼれている。

「う…っ」

軽くすぼみを揉むと、真人が息を詰めて目を閉じた。指は簡単に中に潜《もぐ》り込み、真人が期待に胸を震わせているのが分かる。口で何と言っても、真人はセックスが好きだ。快楽に弱いというか、すぐにめろめろになってしまう。

「狭くてやりづれぇな…」

カーセックスなんて本来は狭くてやりたくない。今からでもどこかホテルにでも行きたいと思ったが、真人の様子を見て無理そうだなと悟った。反《そ》り返った性器は今にも射精しそうだ。

「身体、入れ替えろ」

上気した身体を撫《な》で、真人に指示する。ぼうっとした顔で真人はのろのろと動き、互いの場所を入れ替わった。助手席に奈義が横たわり、その上に真人が覆い被さるというものだ。

「ケツ、上げてろよ」

抱きついてくる真人に囁き、むき出しの尻に両手を這わせた。先走りの汁で濡らした指を蕾へと潜り込ませる。柔らかいそこはすぐに右と左の中指を飲み込んだので、穴を広げるように内部を弄り始めた。

「ひ…っ、は…っ、あ、あ…っ、それ駄目…っ」

ぐちゅぐちゅと音を立てて中を弄り回すと、すぐに真人が切羽《せっぱ》詰まった声を上げて、腰を震わせた。

「何が駄目なんだ」

指で感じる場所をぐりっと擦り、意地悪く囁く。びくんと大きく身を震わせ、真人が身を仰《の》け反《ぞ》らせる。

「ひうぅ…っ!!　あ…、あ…」

驚いたことに真人は指だけでイってしまったようで、奈義の腹辺りに精液をぶちまけてきた。

「もうイっちまったのかよ…?」

カーセックスは真人には刺激が強かったのか、激しく息を吐き出して真人がもたれかかってくる。車が汚れるからイく前にはゴムをつけてやるつもりだったのに、こらえ性のない真人に笑いが込み上げてきた。

「ご…ごめんな…さい…、だって」

息がわずかに整ってくると、奈義のシャツを汚したのに気づいたのか真人が泣きそうな顔でティッシュを探す。

「気持ちよかったんだろ?」

再び内部を指で探りながら、甘く囁く。目を逸らして頷《うなず》く真人は、自分の汚れを始末しながらも、また中への刺激で身体を震わせた。

「キスしてくれよ」

唇を開いて誘うと、真人がおずおずと唇を重ねてくる。真人はこれだけ身体を重ねてもまだどこかぎこちないそぶりをみせる。自分の立場を考え、性欲に溺れる弱い自分を責めているらしい。背徳に身を震わせる真人は可愛くてもっといじめたくなる。

「ん…ん…」

舐《な》め合うようなキスを続け、入れた指で襞を掻き分けた。あまり前立腺ばかり弄るとまた真人はイってしまうだろうから、指を増やしそこをほぐす動きに変える。それでもすっかりそこでの快楽を知ってしまった真人の前は、また膨らみ始める。

「奈義ぃ…っ、んん…っ」

熱い吐息をこぼして、真人がじれったそうに腰を軽く揺する。

「もう入れて欲しいのか?」

苦しげな息を吐く真人に問いかけると、腰を振っていた自分に気づき、真人が目の縁を赤く染めて動きを止めた。

「ち…違…、ぁ…っ」

ずずっと指を根元まで突っ込む。ぶるりと身を震わせ、真人が胸を突き出してきた。

「何が違うんだよ…？　ほら、こっちも」

舌で軽く乳首を何度か弾くと、「あっあっあっ」と面白いくらい反応が戻ってくる。どこもかしこも感じるようで、真人の身体は熱を放っていた。こんなにいやらしい身体をしておきながら、自分が初めての相手だというのが不思議だ。

「中に欲しいんだろ…？　奥までいっぱいにして、突いて欲しいんだろ…？」

奈義の囁きに耳まで赤くして真人が抱きついてくる。触れ合った時に乳首が奈義の服に擦れたようで、また甘い吐息を吐く。

「ん…」

小声で頷いて甘えるように奈義の首筋にちゅっとキスを落とす。焦らしてやろうと思ったがそのしぐさが可愛かったので、奈義も我慢が利かなくなった。

「腰、上げろ」

奈義の声に真人が気だるそうに腰を上げる。

奈義は真人の内部から指を引き抜くと、ベルトを外し、ジッパーを下ろした。下着の中で自分の性器もすでに反り返っている。これだけ真人の痴態をみせつけられては、熱くなるのは当たり前だ。

「ほら…ゆっくり腰、下ろせよ…」

前をくつろげ、硬く反り返る性器を真人の尻のはざまに擦りつけた。張った部分で真人の蕾をぬるぬると擦ると、そこがひくつくのが伝わってきた。

「ん…っ、こ、れ…怖ぃ…」

真人は奈義に抱きつきながら腰を震わせたまま、小さく首を振る。

「ほら、広げてやる…」

熱っぽい声で囁いて、奈義が尻の穴に指を差し込む。ぐっと広げて性器の先端に押しつけると、わずかに腰を突き出し先っぽの部分を潜り込ませてみた。

「んや…ぁ…っ、…っ」

はぁ、と息を大きく吐き出し、真人がおそるおそるといった感じで腰を下ろしてくる。温かい内部に包まれ、奈義も熱く呻《うめ》いた。もう真人の中は蕩けそうに熱くて、ずぶずぶとめり込んでくる狭いそこが自分の形に広げられていくのがいやらしくてたまらない。

「あ…っ、あ…っ」

怯《おび》えるように喘ぎつつ、真人が少しずつ腰を沈ませていく。半分ほど埋まった段階でじれったくなり、思わず下から突き上げるようにしてしまった。

「ひぐ…っ、ぅ…っ、あ、ぁ…っ」

大きく胸を喘がせて、真人が奈義の胸にもたれかかってくる。激しい息遣いに、奈義も興奮し衣服の隙間から背中へと手を這わせた。

「最高に熱いな…あんたの中は…」

息を乱して震えている真人の耳朶をしゃぶり、わき腹や臀部を撫でる。結合部分を指で辿ると真人はひくりと腰を蠢《うごめ》かせ、甘ったるい息をこぼす。

「ふ…深い…、ん…っ、ぅ…っ」

腹の中いっぱいに奈義のを銜《くわ》え込み、真人は慄《おのの》くように鼻にかかった声を上げた。狭い内部はみっちりと奈義をくるみ込み、動かなくても十分気持ちいいくらいだったが、かすかに腰を揺するとさらに気持ちよくなって、我慢出来なくなった。

「動けよ…ほら」

催促《さいそく》するように腰を揺さぶる。とたんに真人はびくびくっと身を震わせ、目に涙をためて見つめてきた。

「ま…っ、待って…、まだ…っ」

「待てねぇよ、ほら」

必死に息を整えようとする真人を、煽るように腰を揺さぶってみる。

「ん、やぁ…っ、あぅ…っ」

繋がった部分の周囲をてのひらで撫で、尻たぶをぐっと広げた。すると余計に深く中まで入ったようで、真人が嬌声《きょうせい》を上げて腰を持ち上げる。

「ここ、気持ちいいんだろ…?」

真人の腰に手を添え、下から性器を突き上げる。カリの部分で真人が感じる場所を擦り上げると、車内に響くような切ない声で真人が喘ぎ出した。

「や…っ、や…っ、駄目、また…っ」

ぐちゅぐちゅと突き上げてくる責めを逃れようとしてか、真人が腰を持ち上げる。そこを追うように下から腰を突き出した。

「ひぅ…っ、うぅ…っ、あぁ…っ」

感じすぎて落ちてくる腰と、下から突き上げる行為で、真人の性器は瞬《また》く間にまた反り返っていた。腹につきそうなほど勃ち上がっているそれは、もうしとどに濡れて可愛かった。

「あー…っ、あー…っ、う、あぁ…っ」

やがて快楽に溺れた真人が我を忘れて腰を振り始める。とろんとした顔は、壮絶なまでにいやらしい。こんな顔見せられたらどんな男だって犯したくなるに決まっている。

「…く…っ、イきそうだ、神父さん…」

激しく腰を動かし続けていた奈義が、息を乱して告げる。真人のほうも爆発寸前で、めちゃくちゃに腰を揺さぶり出している。

「あ…っ、はぁ…っ、はぁ…っ」

真人の性器に手を絡め、軽く扱き上げると急速に内部を締めつけられた。

「や、あ、ぁ、……っ!!」

　奈義の手の動きによって、無理やり絶頂に導かれて真人がびくびくっと身を仰け反らせる。独特な匂いを放つそれが、また奈義の胸辺りを汚す。射精するとよりいっそう内部がきつく締まって、奈義も耐え切れなくなった。

「俺の…飲んでくれよ…、…っ」

　深く奥まで突っ込んで中で熱い精液をぶちまける。最高に気持ちよくて、腕の中の男が自分のものだと感じられる瞬間だ。

「はぁ…っ、はぁ…っ」

　互いに獣みたいに息を吐き出して、繋がったまま抱きしめ合った。最中は気持ちよくて車内の狭さなど忘れていた。

「あ…、ふ…ぅ…っ」

　ひくりひくりと腰を震わせ、真人が真っ赤になって身じろぎする。二度も達して、みるからにぐったりしているのがよく分かった。その頬にキスして、舌でべろりと唇の端を舐めた。まだ息を荒くしている唇をふさぐのは可哀想だったが、キスをしたくて夢中で吸いついた。

「ん…っ、ん…っ」

　舌で口内を探ると、まだ感じるのか繋がった部分が痙攣《けいれん》するような動きになった。

　つうっと繋がった場所から中で出した精液がこぼれ落ちてくる。それが分かるのか真人が腰をもじもじとさせて唇を離してきた。

「飲み込めって言っただろ…？」

わざとからかうように告げると、真人は赤くなって身を離そうとした。その腰を捕まえて、軽く腰を揺さぶる。

「な、奈義…っ？」

潤んだ瞳で名前を呼ばれて、ぞくりと愉悦を感じた。真人は時々怯えたような顔をする時があって、そういう時は泣かせるまで突き上げてみたいと思ってしまう。芯《しん》は強い人間だと分かっているが、たまに子どものような顔をする時があるので困りものだ。このアンバランスなところが魅力なのかもしれないが。強いようで弱い。弱いようで、一筋縄ではいかない。

「飲み込めなかったから、お仕置きだ…」

揺さぶっているうちにまた硬度を取り戻したそれで、内部を突き上げ始める。

「嘘…っ、奈義、も…っ、ん、あっ、あう…っ」

自分の身体を支えきれずにいる真人の中をかき回すように突き上げた。ついでに乳首を指で引っ掻いてやる。もう奈義の服は真人の先走りの汁と精液でべたべたになっている。

「こんなに俺の服も汚して…車も汚すなんて、どうするつもりだよ…？　この調子じゃシートもあんたの精液でどろどろになるんじゃねぇか…？」

煽るように囁き続けると、真っ赤になって真人の内部が締まっていく。

「奈義、も…っ、駄目、む、り…っ」

やめてもらおうとしてか真人の手が肩にかかるが、力が入らないようでただ抱きついているふうにしか見えなかった。奈義は一度達したためにまだまだ平気で内部を穿《うが》っている。

「無理じゃねぇだろ…また硬くなってるじゃねぇか…」

面白そうに性器を指で弾いて奈義が笑う。

「あぅ…っ、う…っ、だ、め…っ、そこ…っ、もう駄目…っ」

ぐりぐりと感じる場所を性器で擦ると、真人が引き攣った声を上げる。一度中で出したせいで、奈義が腰を動かすたびに濡れた音が車内に響いた。真人もそれが耳につくのか、奈義が動くたびに赤くなって目を伏せている。

「は…、すげぇ音…。聞こえるか？　お前のあそこ…女みたいに濡れてるぜ…」

わざと聞かせるようにして奈義は腰を動かした。熱が治まらなかった。もっと真人を感じたくてたまらない。やっぱりホテルに行けばよかった。こんな狭い車内じゃ、真人の身体をすみずみまで愛せない。

「そんな顔すんな…」

指で乳首を強めに擦り、奈義は薄く笑って真人の額にキスをした。泣きそうな顔で内部への責めに耐えていた真人が驚いた目を向けてくる。

「許してくれんだろ…、こんな行為も…。キスしてくれよ、真人」

名前を呼んでまたキスをねだると、真人が困った顔でじっと見つめ、唇を重ねてきた。

「ん…っ、ん…っ」

甘ったるい声をこぼしながら、真人がぎゅっと抱きしめてくれる。その熱い身体を抱きながら、このまま永遠に繋がっていたいと感じた。


ひとしきり行為が終わった後、真人は助手席でぐったりとしていた。車内にはまだ淫靡《いんび》なムードが漂《ただよ》っている。誰にも見られなかったのはよかったが、何度もイかせすぎて真人は身動きするのも億劫《おっくう》な様子だ。

「……古閑さんと…ちゃんと話せたんですか…？」

何となく車を出さないままぼんやりとシートにもたれていると、かすれた声で真人が尋ねてくる。奈義が急に身体を求めてきたのは古閑と何かあったのではないかと推測しているらしい。当たっているとも外れているとも思った。

ただ何となく自分は確かめたかったのだ。ずっと探し求めていたものを自分は見つけられたのかを。

「もう来るなって言われたぜ。あいつを改心させるのはやめたほうがいいんじゃねぇか？　放っておけよ、どうせヤクザだ。どっかでのたれ死んで終わりさ」

わざとそっけない口調で呟いたが、真人は小さく笑っただけで頷きはしなかった。

放っておけ、と言いつつ、本当に真人が古閑を放っておくようならきっと自分はがっかりしてしまうかもしれない。矛盾した心だ。これ以上古閑と関わり合いになってほしくないと思っているのに、心の片隅ではあの憐れな自分の半身を救ってあげてほしいと考えている。

「…古閑さんが言ってましたよ。奈義は素直じゃないって。正直に物を言わない…本当ですね」

しばらくたって、からかうように真人が呟いた。その言葉に無性に腹が立ち、奈義は運転席から身を乗り出して真人を覗き込んだ。びっくりして身を竦める真人のうなじを摑み、どこか嚙んで血を流してやろうかと考えたが、気づいたら唇を深く重ねていた。

古閑にもいつか探していた相手が見つかればいい。

孤独という飢えを満たしてくれるような相手が。

そんなことを頭の隅で思いながら、腕の中の愛しい存在を抱きしめた。

END

ラヴァーズ文庫

4周年おめでとうございます。
ラブ♡コレ楽しみにしてます。
いつまでもダークなレーベルでいて下さい。
ラヴァーズ文庫に幸あれ

夜光花

面白い方です。

YUH TAKASHINA Presents

✦高階佑ラフ画特集✦

深紅の背徳

緒方奈義

葛木真人

古閑

『ぼくのお嫁さん♡』
高階佑
真人は子供たちに大人気です
神父さまー
神父さまー♡
そんなにはしゃいだら危ないですよ
アハハウフフ♡
ケーキくいてー
今日の晩メシどうすっかなー
…おい
おいオッサン!
ああ?
オッサン?!
おまえ真人の何なんだよ
真人は俺の嫁だからな!
なんか…誰かさんに似てる気が…
…無性にムカついてくるのは何故?
フッ

ギー
ただいま奈義…
やめろよ!
毛も生えてねえくせに百年はえーんだよ!
誰が「俺の嫁」だって!?
はなせこのヤクザ!!
だからヤクザじゃねえっつってんだろ!!
一緒にすんな!
はぁ~
奈義っ
えっちょ…
神父さま…っ
…
えっ
子供相手になんてことするんですか…!!
こんないたいけな子供に乱暴するなんてっっ
……
フン
ニヤ
新たなる戦いの幕開けであった…。
終
お約束ネタな感じですみません

ラヴァーズ文庫さま

4周年 おめでとう ございます！

この度はイラスト担当させていただき
ありがとうございました！
せっかくなので挿絵で描く機会の
なかった好きキャラの宮古神父を
描いてみました。
宮古神父が真人に、愛について諭す
シーンは、原稿を読んでいて
胸がジーンとしました。
改めて、夜光先生はすごいなと
思いました。
本当に、愛って素晴らしいですね！
というわけで、
読んでくださった皆様ひとりひとりに、
愛をこめて…。

高階佑

夜光先生、担当T井さま、
どうもありがとうございました！

Over Again《オーバーアゲイン》

いおかいつき
ITSUKI IOKA

illustration 國沢智 TOMO KUNISAWA

科学技術捜査研究所に勤めて半年、仕事を嫌いだとか面倒だとか思ったことはないが、さすがに徹夜は勘弁してほしい。神宮聡志《じんぐうさとし》は若干の疲れた雰囲気を纏《まと》わせ、タクシーを降りた。

午前八時。ようやく自宅マンションへと帰ってきた。昨日は早朝出勤もしたから、丸二十四時間働いたことになる。

「おう、お疲れ」

ドアを開けた瞬間、キッチンから声がかかる。足を進めていくと、河東一馬《かわとうかずま》が我がもの顔でコーヒーを入れていた。しかもすっかりくつろぎ体勢のスエット姿になっている。

「そうだったな。お前がいたんだ」

忘れていたわけではないが、うっかりしてつい疲れた顔のまま入ってきてしまった。

今日は久しぶりに二人揃《そろ》ってのオフで、それならと前日から一馬が泊まりに来ることになっていた。神宮もそのために早朝出勤までして仕事を片づけようとしたのに、とんでもなく大量の遺留品が持ち込まれ、所長に頼むと泣きつかれたのだ。

合鍵は以前から渡している。できるだけ早く帰るからとメールをして、それきり仕事にかかりきりになっていた。

「いちゃ悪いのかよ」

一馬が不服そうな顔で睨《にら》む。

「ああ、悪いな。今から三時間、どこかで時間を潰《つぶ》してこい」

約束していたことを棚に上げ、神宮は一馬に言い放つ。

「三時間？　そんなに何しろってんだよ」

「パチンコでも映画でも」

「こんな朝早くからどっちもやってないっての」

一馬はそう答えてから、苛立ったように頭を掻《か》く。神宮の理不尽な要求に腹を立てているというより、理由がわからないのが嫌なのだろう。

「疲れてるから帰れってんならともかく、なんで三時間なんだよ」

「俺が今から寝るからだ」

神宮は端的に答えた。今もこうして話していても、瞼《まぶた》が落ちそうなほど眠かった。

「寝ればいいだろ。三時間なら、俺はゲームでもして待ってるし」

そう言って、一馬は神宮が戻ってくるまでもしていたらしいゲーム機に、チラリと視線を向ける。

神宮にはゲームをする習慣もなければ、趣味でもない。それでもこうしてゲーム機本体やソフトが揃っているのは、一馬のためだった。以前、話の流れで刑事になるまではよくしていたというのを聞き、それなら一馬が一人でも時間を潰せるようにと買っておいたのだ。

神宮も忙しい身ではあるが、一馬に比べれば、まだマシだ。けれど、昨晩のようにすれ違うこともある。だから、神宮が不在でも一馬が退屈しないようにしておいた。そうすれば、約束をしなくても、時間ができればこの部屋に立ち寄るようになるだろうと踏んだのだ。その甲斐《かい》あってか、一馬は非番の日のほとんどを神宮の部屋で過ごすようになった。

正直、自分でも意外だった。初対面のときから外見はタイプだと思ったが、ここまでのめり込むとは思わなかった。がさつで乱暴で、考えるよりも先に行動する直情型。自分とは正反対なところが、神宮を惹《ひ》きつけて止《や》まないのだろう。

「お前がいると寝られない」

「馬鹿じゃないんだから、静かにしてるって」

一馬はまだ神宮の言わんとするところを理解できていない。一秒でも早くベッドに潜《もぐ》り込みたい心境なだけに、神宮は目を細め、表情を険しくして、

「そうじゃない。バックを狙《ねら》ってる奴がそばにいて、安心して寝られると思うかと言ってるんだ」

「あ、そういう意味な」

一馬はすぐに理解して、気まずそうに明後日《あさって》の方向を向く。充分すぎるほど、心当たりがあるのだろう。

「お前は前科持ちだからな」

「それで懲《こ》りてるから、もうしねえって」

苦笑いの一馬は、完全に過去の失敗を思い出したようだ。

かつて、今日と同じように、徹夜明けで一馬がいるときに仮眠を取っていたときのことだ。たまたまそのときは眠りが浅くて、体に触れられた気配に目を覚ますと、一馬が覆い被さっていたことがあった。寝ている間は一馬も最後までするつもりはなかったようだが、それでも危なかったのだ。

「お前は信用できない」

「俺の目を見ろ。俺はお前と違って騙《だま》したりしねえよ」

一馬が真剣な目で見つめてくる。神宮と違ってという言い方は引っかかるが、ここまで言うのだから、嘘《うそ》はないだろう。ただ、神宮は万に一つの可能性もなくしておきたい性格だ。

「わかった。なら、腕を縛らせろ」

「は？」

間の抜けた顔で一馬が意味を問いかけてくる。

「一〇〇パーセントは信用できないから、俺が寝てる間、下手なことができないよう、手を縛っておくと言ってるんだ」

「そんなことしたら、今度は俺の身が危ないじゃねえか」

一馬も馬鹿ではないから、自分が常に神宮から狙われていることは忘れていない。過去に一馬の手を縛って、行為に及《およ》んだことがあったから尚更、警戒しているのだろう。

「前で縛っておけば問題ないだろう。お前なら、それでも俺に勝てるんじゃないのか？」

「そりゃ、まあな」

軽く持ち上げると、一馬は得意そうに自らの腕っ節を認める。検挙率ナンバーワンの敏腕刑事である一馬は、運動神経が抜群で警察学校時代、筆記はともかく実技試験は全てトップの成績だったと自慢されたことがある。

「それに、俺は今、猛烈に眠くてな。性欲よりも睡眠だ」

「あ、そうか。徹夜明けだったな」

一馬は思い出したらしく、労《いたわ》るような視線を向けてくる。

「ま、前ならいいか。外に出てくのは面倒だしな」

決断した後の一馬の行動は早い。縛るものを探して視線を巡らし、神宮の首に目を留めた。

「ちょうどいいのがあるじゃねえか」

そう言うなり、一馬は神宮の首に手を伸ばしてきた。一馬が目を付けたのは、神宮のネクタイだ。

「皺《しわ》になるのは嫌なんだがな」

「お前がそういうのを気にする性格かよ」

神宮の意見は聞き入れられず、一馬がネクタイに手をかける。

身長はほとんど同じだから、至近距離に一馬の顔がある。ネクタイなら神宮が自分で外せるのに、当然のように解きにかかる一馬がおかしくて、神宮はクスッと声に出して笑ってしまう。

「何がおかしい？」

「この光景、新婚家庭みたいじゃないか？」

「気持ちの悪いこと言ってんじゃねえよ。ほら」

一馬は神宮の冗談を軽くいなし、解いたネクタイを手渡してくる。縛るのは自分ではできないと、素直に両手を差し出してくる。この素直さが、毎回、神宮に騙される原因になっているのだが、そこもまた一馬の魅力の一つでもあった。

「跡がつかないようにしろよ」

「お前ならそういう趣味があると思われても、問題なさそうだがな」

神宮は器用にネクタイで一馬の両手を拘束《こうそく》しながら、この状況を茶化す。

「俺がMに見えるってか？　SMの趣味はねえけどさ、どうせなら、縛られるより縛るほうがいいに決まってんだろ」

「奇遇だな。俺もだ」

知ってるだろうという意味を込めてニヤリと笑うと、一馬は眉を顰《ひそ》め、嫌な顔をする。

一馬の両手は腹の前で一つに纏められた。この状態ならトイレや食事くらいならできるだろうが、神宮を組み伏せるまでは無理のはずだ。

「それじゃ、俺は寝るからな」

神宮は上着を脱《ぬ》ぎながらベッドへと向かう。着替える時間も待てなくて、寝るのに不都合はないと、あとはベルトを抜くだけにした。

「三時間経《た》ったら、起こしてくれ」

ベッドへと潜り込んでから、まだキッチンにいる一馬に頼んだ。

「了解」

短い返事を聞き、一馬の気配を感じながら、神宮はすぐに眠りについた。


目覚めは人よりもいいほうだ。神宮は目を開けた瞬間に、ベッドそばのチェストに置いた時計に手を伸ばした。

徹夜明けで三時間睡眠というのは、これくらいならどうにか眠気は取れるだろうと判断した時間だった。だが、たった三時間にしては体は妙にすっきりしているし、何より自然と目が覚めたのも不思議だった。

時計はちょうど正午を指していた。神宮が帰ってきたのが午前八時だから、それから三時間で起きる予定が一時間オーバーしている。いつもなら目覚まし時計を使うのだが、今日は一馬に頼んだから、アラームをセットしなかった。

一馬は何をしているのか。ベッドで上半身を起こしたところで、その一馬が目に飛び込んできた。

「何やってんだ」

神宮の口元に笑みが浮かぶ。一馬はソファで横になり、ゲーム機のコントローラーを握ったままで眠っていた。これでは神宮を起こすどころではない。

神宮がいない間に寝ていたはずだが、一馬は日頃、かなりの激務をこなしている。疲れがたまっていて当然だ。一人でゆったりとした時間を過ごしているうちに、眠くなってしまったのだろう。

もう正午だから、一馬を起こす前に昼食の支度でもしてやるかと、神宮はベッドを降りた。昨日、帰れなかった埋め合わせのつもりもあった。

一馬を起こさないよう歩き出したが、あまりにも気持ちよさそうに寝息を立てる一馬を見て、ふと悪戯《いたずら》心が湧《わ》き起こる。

両手を縛るという条件を呑んだのは一馬だ。それに、神宮は何もしないとは約束しなかった。

一馬はまだ目を覚ます気配がない。神宮はさらに動作を慎重にして、迂闊《うかつ》な物音を立てないよう気をつける。

まず最初に取りかかったのは、必要なものを揃えることだ。一馬と付き合うようになってからは、いつチャンスが訪れても逃すことのないよう、ベッドの下にローションとコンドームを隠していた。神宮はそれらを手に、一馬に近づく。

ソファの肘《ひじ》置きに頭を乗せて寝ている一馬から、先に邪魔なコントローラーを取り除いた。握っているというより、ただ手を添えていただけになっていたから、一馬が起きることはなかった。

ここからが問題だ。一馬が身につけているスエットは、かなりゆったりとしたものだから、それほど刺激を与えずに脱がせることができた。だが、その下の下着は、ぴったりとしたボクサータイプで、簡単にはいかなそうだ。

下着を脱がせたくらいで目を覚まされては、いくら両手を縛っていても、後ろ手ではないから一馬の抵抗をかわすことはできないだろう。一馬の腕が立つことは、何度か目にして知っている。学者肌の自分では、到底、敵わないのはわかりきっていた。

ゆっくりと時間をかけ、少しずつ下着をずらしていく。細かい作業は得意だ。手先の器用さには自信がある。それに、こんな楽しい作業なら、少しも苦にはならない。

かつて下着を脱がすだけのことに、こんなに時間をかけたことがあっただろうかというほど、ゆっくり慎重にことを進め、ようやく一馬の下半身から全てを取り去った。

両手を縛られ、下半身を剝《む》き出しにして熟睡する姿は、他の人間から見れば、きっと滑稽《こっけい》に映るだろう。けれど、神宮にはこの上なく扇情的《せんじょうてき》な光景だった。

ソファの前で膝《ひざ》をつき、ローションを手のひらに垂らす。いきなり一馬の肌に落としては、その冷たさで目を覚ますかも知れないから、先に体温で温めた。

濡れた手を双丘の狭間に近づけ、手探りで目的の場所を探す。

「んっ……」

一馬が微《かす》かに身じろいだ。一瞬、どきりとさせられたが、目を覚ます気配はない。しかも、神宮にとっては幸いなことに、一馬はそのまま手を抱えるようにして、若干、うつぶせ体勢となった。

引き締まった双丘が、目の前に現れる。もう何度も目にしているのに、無防備だからなのか、いつも以上に神宮を煽《あお》る。

それでも神宮は勢いに任せることはしなかった。目指す場所に指を到達させると、ゆっくりとその周囲を揉《も》みほぐし始める。

「……ぅん……」

一馬の口から押し出されたような息が漏《も》れた。無意識の条件反射なのだろう。その証拠に一馬の瞼が開くことはない。

熟睡しているおかげで、体の緊張が解けている。神宮が再度、ローションをつけ直した指を後孔へと潜り込ませると、思いの外、すんなりと飲み込まれた。熱くて狭い一馬の中が神宮の指を締め付ける。

だが、指を動かすまではできなかった。一馬がビクリと体を震わせ、目を開けたのだ。最初こそ何が起こっているのか理解できず、視線を宙にさまよわせていたが、すぐに体の違和感に気づき、慌てて顔を向けてきた。後孔に指を入れられているのだから、気づかないはずがない。

「神宮、てめえ……」

一馬が険しい目つきで睨んでくる。犯人からすれば恐怖を感じるのだろうが、神宮はこの瞳が好きだった。強い意志を感じさせるこの目に見つめられるとゾクゾクする。

「殴られないうちに、とっと指を抜きやがれ」

この格好で凄んでも、迫力は全くないのだが、一馬には自分の姿が想像できていないようだ。そして、自分があまりにも不利な状況にあることも気づいていないらしい。

「入れたばかりだというのに、抜くわけないだろ」

神宮の馬鹿にした口調に、一馬がムッとしてますます表情を険しくする。

指はまだ入れただけで、動かしていないし、もちろん、前立腺を刺激してもいない。だから、一馬も会話をすることができるのだ。

「寝込みを襲うのは卑怯《ひきょう》じゃねえのかよ」

「これは罰だからな」

悪びれずにのうのうと言い放った神宮に、一馬は意味がわからないと首を傾《かし》げる。

「三時間で起こせと言ったのに、お前、忘れてただろう?」

神宮はそう言って、一馬がつけっぱなしにしていたテレビを指さした。ゲーム画面になっていたのを神宮がテレビに切り替えておいたのだが、そこには正午から放送される長寿番組が映し出されていた。

「寝ちまったんだから、しょうがねえだろ」

納得いかない顔で一馬が反論するが、神宮は聞き入れるつもりはない。

「おかげでせっかくの休みを一時間、無駄にした」

「たった一時間じゃねえか」

「一時間もだ」

神宮はそう言うと、中の指をくっと折り曲げた。

「やめっ……」

一馬は体を丸め、不意の刺激に息を詰まらせる。

「安心しろ。ちゃんとイカせてやる」

「頼んで……ね……んっ……」

指を蠢《うごめ》かすと一馬の声がとぎれとぎれになり、悔しそうに睨みつけてくるだけになる。

両手を縛られ、ソファにうつぶせで寝ていて、おまけに指を入れられた状態では、さすがの一馬も抵抗する手段がないのだ。

この状態に持ってくるまでが、毎回、大変だった。もう何度か抱いているのに、一度たりとも一馬が素直に抱かれたことはない。それどころか、いつも神宮を組み敷こうとしてくる。だから、その都度、こうして策を講じなければならないのだが、今やそれも神宮の楽しみの一つになっていた。言葉の駆け引きを楽しむように、この攻防戦も他の人間とでは味わえない、スリルある刺激だった。

ローションが動きを滑《なめ》らかにし、神宮の指は目的の場所を探し当てる。

「ひぁ……くっ……」

一馬が背筋を反《そ》らせ、嬌声《きょうせい》を上げる。神宮がさらにそこばかりを狙って指の腹を擦りつけると、一馬は縛られた両手に顔を埋《うず》め、背中を丸めてなんとか快感をやり過ごそうとしている。後ろで感じるのもその姿を神宮に見られるのも、抱く側でありたいと願う一馬にとっては、耐え難い屈辱なのだろう。

「こんなに美味《うま》そうに指を銜《くわ》えこんでいるのに、何が不満だ?」

「いい加減にしろよ、てめえ……」

一馬は上がりそうになる息をどうにか抑え、悪態を吐く。頬《ほお》が上気した状態では、凄みよりも色気を感じさせる。

「いい加減にされると困るのはお前じゃないのか?」

神宮はニヤリと笑い、一馬の中心を指で弾《はじ》いた。

「あっ……はぁ……」

既に形を変えていた一馬の屹立は、敏感に反応を見せる。直接、触れられたことにより先走りが零《こぼ》れだした。

「後ろだけでこうなるなんて、やっぱりお前は抱かれるほうが向いてるんだよ」

「ふざけっ……んっ……」

神宮が中で指をぐるりと回すと、一馬は言葉を詰まらせる。

「ほらな」

神宮は快感に震える一馬の背中を見て、さらにもっと感じさせようと、まだ身につけたままのトレーナーをたくしあげた。無駄な肉のない背中から腰への綺麗なラインが、神宮の目を奪う。

油断すれば反撃されるから、中に沈めた右手の指は抜けない。だから、右手はそのままに左手を腰骨に這わせる。

「ふぅ……」

一馬が微かに息を漏らす。平常時なら腰を撫《な》でられたくらいで感じることはないが、今は全身が性感帯へと変わっている。どこに触れても敏感な反応を見せるが、一馬には他にも感じる場所がある。

「こっちも好きだったよな？」

神宮は手を上へとずらし、前に回す。そこには小さな胸の飾りが、既に神宮を待っていたかのように固くなって突きだしていた。

指先で摘《つま》んで擦り上げると、一馬は頭を振って、快感を逃そうとする。胸で感じていることも知られたくないのだろう。だが、尖《とが》りを摘めば、中の指を締め付けてくるのだから、声に出さずとも快感を得ていることは明らかだった。

テレビの音がなければ、もっと一馬の喘《あえ》ぐ声や荒らい息づかいがはっきりと聞こえるのだが、もうリモコンに手を伸ばす余裕はなかった。

本当はもっと嬲《なぶ》りたい。指だけでなく、口も使って、唇で舌で歯で、もっとこの小さな尖りを余すところなく感じたかった。だが、そのためには体の前で縛っている両手の拘束を解かなければならない。一馬に冷静さが残っている今は、まだ無理だ。殴り飛ばされかねない。

次第に固さを増す尖りを指の腹で擦りながら、神宮は露《あら》わになった一馬の背中に口づける。キスマークなどこれまで付き合った相手には、滅多につけたことがなかったのに、一馬に対しては歯止めがきかない。見えない場所ならいいだろうと肌をきつく吸い上げた。

「な……に?」

かろうじて残っている理性で、一馬が問いかけてくる。

「背中ならいいだろう?」

首筋のように人から見える場所ではない、人前で脱がない限り、決して見えない場所だ。事後承諾を求めた神宮に、一馬が小さく左右に首を振る。

「場所が、違うだろ……」

「場所？」

一馬の言葉の意味がすぐには飲み込めなかった。この状況だ。朦朧《もうろう》としてきた一馬の言い間違いかと思ったが、一馬が首を曲げて顔を向けてきたことでわかった。

久しぶりに二人きりで会ったというのに、まだキスをしていなかった。一馬に言わせれば、背中にする暇があるのなら唇に、ということなのだろう。

キスをするのに、上も下もない。一馬は自分からも何か神宮を昂《たか》ぶらせることがしたいと考えているようだ。やられっぱなしではいないのが一馬らしい。

神宮にキスを拒《こば》む理由はない。後ろに差し込んだ指は抜かずに、代わりに胸をまさぐっていた手を一馬の首に回した。

不自然な体勢ながら、一馬が腰を捻《ひね》り顔を仰向かせる。覆い被さるように顔を近づけた神宮に、一馬は顔を上げて自ら唇を近づけてきた。

唇が重なり合う。既に体が昂ぶっているために、いつもよりも熱く感じる一馬の唇が、吸い付くように神宮の下唇を挟んだ。

キスのテクニックは自分のほうが上だと誇示したいのだろう。一馬は次に舌を差し込み、上顎《あご》をなぞってくる。それを追いかける神宮の舌と絡み合い、夢中になって互いの口中を貪《むさぼ》り合った。一馬の唇の端からは、唾液が溢《あふ》れ、頬を伝って落ちていく。

「ふ……ぅ……」

ようやく顔を離したときには、キスだけで息が上がるほどだった。一馬が吐き出した熱い息を頰に感じる。

濡れた瞳と濡れた唇で一馬が神宮を見上げている。本人には誘っているつもりなどないのだ。神宮が勝手に煽られているだけだともわかっている。わかっていても、もう抑えられない。早く一馬の中に入りたかった。

けれど、指一本がやっとの状態では、まだ神宮を受け入れさせることはできない。もっと中を解《ほぐ》すためには、ローションを注ぎ足したほうがいいだろう。

腰を屈めて足下に置いていたボトルを取り上げたとき、目線の高さに一馬の屹立があった。先走りで濡れそぼり、次なる快感を待ち望んでいるように、神宮には見えた。

それならば……。神宮はボトルを持ち上げ、液体が細く一筋となって落ちるように傾けていく。一馬を煽るために直接後ろには入れないで、屹立の先端から垂らすようにした。

「ひぁっ……」

突然、襲った冷たい刺激に、一馬が悲鳴を上げる。神宮は糸のようになったローションを、屹立の先端へと狙いを定めたのだ。敏感な場所だから、余計に冷たく感じ、もしかしたら、痛みに近い刺激もあったのかもしれない。

「案外、こういうのも好きみたいだな」

「違っ……うぅ……」

垂らし続けるローションのせいで、一馬の発する否定の言葉は喘ぎへと変わる。

ローションは屹立を伝い、その奥へと流れていく。奥に収めた神宮の指にも滑った液体が到達した。

「っ……、あ……くぅ……」

ローションとともに奥へと二本目の指を差し入れると、一馬は腰を揺らめかす。体中に広がる快感に、ほとんど抵抗する力を失っているようだ。体が揺れれば、ローションを垂らすのも目標が定まらなくなる。神宮はボトルを放り投げた。もう充分すぎるくらいに濡らした。

「神宮……もっ……」

一馬が何かを訴えかけてくる。

「どうしたい？」

わかっているのに、神宮は問いかける。一馬の口からはっきりとした言葉を聞きたかった。そのために手の動きを止め、答えを待つ。

「……イカせろ」

一馬は肩で息をしながら、限界を伝える。二人で一緒に達するのも喜びだが、この様子では一馬が長く保たないだろう。それなら先にイカせておくしかない。

「手と口と、どっちでイカせて欲しい？」

神宮は婉然《えんぜん》とした笑みを浮かべ、いやらしい選択肢を与えた。

「手でいいなら、……自分でする」

感じすぎて瞳を潤《うる》ませているくせに、神宮を睨みつけてくる。それができるのは神宮が愛撫の手を止めて、余裕を与えているからだと、わかっているのだろうか。いつでもすぐに再開して、泣かせることができるのに、強気な態度を崩さない。

「口でしろよ」

いやらしい命令を下され、神宮は従うために顔を近づける。一馬自慢の立派なものを、口を大きく開き、中に収めていく。

「はぁ……っ……」

一馬が熱い吐息を吐き出す。喉の奥まで引き入れると、掠《かす》れた喘ぎ声を上げる。それらの声に後押しされ、神宮は頭を上下し、唇で屹立を擦り立てた。

「すっげ……、いい……」

うっとりしたような呟《つぶや》きが頭上から聞こえてくる。口での愛撫に感じることは、恥ずかしくないようで、一馬は素直に快感を口にする。

だが、このままでイカせるつもりはなかった。神宮は中断していた後ろへの刺激も再開し、同時に責め立てた。

「いっ……あぁっ……」

前立腺を二本の指で交互に突き上げると、一馬は嬌声を上げ、縛られた両手で神宮の髪に指を絡ませる。

口中には苦みが広がり、ビクビクと震えているのも舌で感じる。もう限界だろう。神宮は一旦、口から引き出して、左手で屹立を擦りながら、窄《すぼ》めた唇で先端を強く吸い上げた。

「……うっ……」

一馬が低く呻いて達した瞬間、神宮は口を開き、迸《ほとばし》りを喉に収める。それを嚥下《えんか》する様を、一馬は上気した顔を歪《ゆが》めて見つめていた。

「もういいだろ」

「本気で言ってるわけじゃないよな?」

肩で荒らく息をしている一馬に、神宮は容赦《ようしゃ》なく、スラックスの前を広げ、昂ぶりを見せつけた。達したのは一馬だけだと知らしめるためだ。一馬も忘れていたわけではないのだろうが、射精した解放感で気が回らなかったようだ。

「わかったよ。口でしてやるから」

一馬は仕方ないとばかりに、肘をソファについて体を起こそうとした。ゲイではない一馬にとっては、男のものを口に含むのは抵抗があるらしく、そう頻繁《ひんぱん》にはしてもらえない。それでも最初の頃に比べれば、神宮をイカせるためには必要だと思ったのか、ためらいがなくなってきたように思える。

「それはまた今度でいい」

神宮はやんわりと断り、一馬の肩を再び押して、ソファへと押しつける。

「俺がこっちのほうが好きなのは、よく知ってるだろ？」

ずっと中に入れたままだった指の存在を、ぐるりと掻き回すことで思い出せる。一馬は息を詰まらせ、はっとしたように顔を向けた。

「もう指が三本入ってるのがわかるか？　かなり柔らかくなってる」

「そんな感想、いらねえんだよ」

フェラをされているときは、むしろ積極的に快感を得ていたのに、後ろとなると態度が急変する。

「まだ解したりないようだな」

「えっ……？」

一馬が驚いたように目を見開いたのには構わず、神宮は射精直後で力が抜けている一馬の右足の膝裏を摑《つか》んで、腹につくように折り曲げた。

ずっぽりと三本の指を銜えこんだ、淫猥《いんわい》な後孔が姿を見せる。

「充分に濡らしたつもりだが、念には念を入れるか」

「馬鹿っ……やめ……ろっ……」

神宮の目的を察した一馬が、腰を振って逃れようとするのを、神宮は萎《な》えた中心を少しきつめに握ることで封じた。

「いっ……」

痛みに顔を顰《しか》めた隙《すき》に、神宮は奥へと顔を近づけた。指で押し広げ、その中へと窄めた舌を差し込む。

「はぁ……あっ、ん……」

今まで以上に甘い喘ぎが、一馬の口から絶え間なく零れ始めた。

そんな場所を神宮に舐められているという羞恥心が、一馬を狂わせるのだ。

「もっ……やめ……ろっ……」

嫌だと頭を振って髪を振り乱す姿が、足の間から見える。飛び散る汗が一馬の熱を教えてくれる。

唾液を舌で注ぎ込み、襞の一本一本を伸ばすように舌で舐めつくす。

もう充分だろう。神宮自身が限界だった。一馬を求めて中心は熱くなりすぎていて、目眩《めまい》さえ覚えてきた。

神宮は体を起こし、今度は一馬の右足首を摑んで持ち上げ、背もたれに引っかけた。そうすることで、股が大きく広がり、後孔への愛撫で再び昂ぶった中心もその奥までも露わになっている。

「奥までびっしょり濡れてる。そんなにいいのか？」

神宮は卑猥《ひわい》な言葉で一馬を揶揄《やゆ》する。

「見て……んじゃっ……ねえ……」

かろうじて残った理性と男の矜持《きょうじ》が一馬を奮い立たせている。けれど、その声は途切れ途切れになり、広げられた足を下ろすこともできない。神宮が片手で器用にコンドームを自らに被せているのも気づいた様子はない。

「そうだな。見てる場合じゃなかった」

神宮は指を引き抜き、張りつめた中心を一馬の奥に押し当てた。

やっと中を味わえる。神宮は知らず知らず唇を舐め、どれだけ一馬を欲しているか、欲望に猛った表情で一馬に伝えていた。

「ちょ……、待て……っ……」

制止の声を聞かず、神宮は一気に奥まで腰を進めた。

「うっ……ああ……」

神宮が突き入れると、一馬が悲鳴に似た嬌声を上げた。けれど、充分に解していたから、その声の中には痛みを訴える響きはない。あるのは急に襲った激しい快感への戸惑いだ。

一馬の中はきつく神宮を締め付け、それだけで達してしまいそうになる。神宮は大きく深呼吸し、その波をやり過ごした。やっと味わえたのに、すぐに終わりを迎えたくはなかった。それに神宮の大きさに一馬が馴染《なじ》むまで、動くつもりもなかった。一馬もまた深呼吸しているのが、上下する胸の動きでわかる。

ここまで来れば、一馬ももう抵抗できないはずだ。神宮は手を伸ばし、一馬を拘束していたネクタイを外した。

互いの呼吸のリズムが重なり合い、強張《こわば》りが解けたのか、一馬の中が少し緩《ゆる》んだ。神宮はそれを見逃さない。

「はぁ……あっ……」

一馬の背が浮き上がるほどより深く突き上げると、押し出された声が官能を訴える。

どこを突けば一馬が声を上げるのか、指だけでなく、この屹立も正確にその場所を捉《とら》えることができる。引いては突き上げ、何度もそこを狙った。

「あ、あぁ……はぁ……」

一馬の荒らくて熱い息づかいが、神宮の動きを激しくさせる。ソファの肘置きに肩が支え、それ以上はずり上がれない一馬は、体でその動きを受け止めるしかない。

「もう……またっ……」

一馬が限界が近いことを訴え、神宮の背中に手を回してくる。

「俺もだ」

神宮も我慢するつもりはない。一馬の中心に指を絡ませ、同時に達しようとタイミングを見計らう。

「イクぞっ……」

しがみつく一馬の耳元に囁き、神宮は一際大きく突き上げた。そして、同時に一馬の中心を激しく擦る。

「……くっ……」

「あぁっ……」

神宮は小さく呻き、一馬は嬌声を上げて、二人はほぼ同時に終わりを迎えた。

背中に回っていた手が滑り落ち、一馬がソファに体を投げ出す。体力のあり余っているような男だから、すぐに回復するはずだが、今は二度も立て続けに射精したことで、体を動かす気にならないようだ。神宮が萎えた中心を引き抜いたときにも、僅《わず》かに体を震わせただけだった。

「濡れたタオルでも持ってきてやろうか？　それともシャワーにするか？」

神宮は立ち上がり、身繕《みづくろ》いをしながら一馬に選択肢を投げかけた。それに対する一馬の答えはどちらでもなかった。

「腹が減った」

一馬がふてくされた顔で言った。もう午後一時をとっくに過ぎている。昨日の夜からいた一馬に対して、神宮は朝食も用意してやらなかったし、昼も準備をしようとしてやめていた。

「わかった。何か作ってやる」

さすがに遣《や》りたい放題しすぎたかと、神宮は謝罪の気持ちも込めて、そう答えた。滅多に自炊はしないが、インスタントのものなら買い置きがあったはずだ。ひとまずそれで空腹を満たしてから、時間をおいて何か食べに行けばいいだろう。

「その前に、先にタオルだけ持ってくる」

神宮はそう言い置いて、バスルームへと向かった。食事をするにしても、汗と精液でベトベトのままで気持ちが悪いはずだ。

濡らしたタオルを手に戻ってくると、一馬は上半身を起こしただけで、ソファからは移動していなかった。

「ほら、拭《ふ》いてろ」

神宮の差し出したタオルを一馬はすんなりと受け取る。それを確認して、神宮はすぐにキッチンへと向かおうとしたのだが、不意に後ろから右手首を掴まれた。その手が強い力で引っ張られる。

「おいっ」

バランスを崩した神宮は、そのまま一馬の足の間にすとんと腰を落とした。自然にその場所に行き着いたのではなく、そこに収まるよう、一馬が意図したものだ。

それだけではなかった。一馬は素早く両腕を神宮の胸の前に回し、交差させることで拘束した。

「腹が減ったんじゃなかったのか?」

神宮は呆れた声で尋ねた。さっきのぐったりとした様子は、一馬にしては珍しく芝居だったというわけだ。

「ああ。もうずっとな。お前を食べたくて、空《す》きっ腹を抱えてたんだよ」

耳朶に囁きかける一馬の唇が、神宮の耳をくすぐる。

「さんざん、好き放題してくれたんだ。嫌とは言わないよな?」

一馬の手がシャツの上から、神宮の胸をまさぐり始める。

かなり乱暴に突き上げたから、腰が立たないと思って油断していた。力の対決になれば、一馬には敵わない。

だが、神宮はそれほどこの状況に焦《あせ》っていなかった。一馬が力ずくで無理矢理に組み敷くようなことはしない男だとわかっているからだ。神宮の意志を無視するような男なら、もうとっくに抱かれていてもおかしくない。

「お前も少しは感じんだろ?」

胸の尖りを探し当て、布越しに押しつけながら問いかけてくる。

「お前くらい感じるなら、触られてもいいかもしれないがな」

笑いを含んだ声で答えると、一馬が軽く舌打ちしたのが聞こえた。実際、神宮が反応していないのが伝わっているからだろう。

「それじゃ、こっちだな」

一馬が場所を変え、神宮の中心へと手を伸ばそうとしたときだった。テーブルに載せていた一馬の携帯電話が着信音を響かせ始めた。

「マジか……」

一馬がうんざりしたように呟く。神宮は一馬の交友関係までは知らないが、平日の昼間に友人が電話をかけてくるとも思いがたい。それよりも署からの電話だと考えたほうが納得できる。一馬も真っ先にそう思ったからの呟きだったのだろう。それに小さな事件なら、非番の一馬にまで連絡してこないだろうから、呼び出しに違いない。

「早く出たらどうだ」

仕事を優先させるのは当然だ。神宮は一馬を促した。

「取ってくれ」

そう言った一馬は腕の拘束を緩める。神宮は立ち上がり、テーブルの上から携帯電話を取り上げ、一馬に差し出した。

一馬は表情を変え、携帯電話を耳に当てる。

「はい、河東」

勢いよく名乗りを上げたことから、やはり署からの電話だったようだ。着信表示が署になっていたのだろう。応対する前からの凛々《りり》しい顔は刑事のものだった。

神宮はその間にキッチンに向かい、車の中でも食べられるようなものはないか探し始めた。

電話の受け答えから、重大な事件が発生したことは明らかで、一馬が捜査に駆けつけるのは目に見えている。さっきの続きなど到底、できるはずもないし、ゆっくりと食事をしている時間もないだろう。

「了解。すぐに向かいます」

案の定、一馬は電話に向かって、非番を半日で切り上げる宣言をした。しかも片手で携帯電話を持ち、残った手で体を拭き始める手際の良さだ。

「神宮、そういうわけだから……」

「仕方ないだろうな」

事情を説明しようとする一馬を遮《さえぎ》り、神宮はわかったと頷《うなず》く。

一馬が手早く着替えを済ませ、玄関へと向かうところを神宮は呼び止めた。

「これでも持って行け」

手渡したのはゼリー飲料だ。時間のないときの朝食代わりにしているものだが、少しくらいなら空腹が満たされるだろう。

「お、悪いな」

一馬は素直に受け取り、上着のポケットに突っ込んだ。そして、早足で玄関に行き、靴を履いて、ノブに手をかけてから、見送りについていった神宮を振り返る。

「今の続き、絶対にするからな」

そう言い置き、神宮の返事も待たずに部屋を飛び出して行った。

「忙しない男だな、全く」

神宮の口元には笑みが浮かぶ。

短い時間でも充分なスキンシップは取れた。これでまたしばらく会えなくても、どうにか我慢ができそうだ。それに、神宮が限界を迎えるより前に、一馬のほうから時間を捻出してくるだろう。

常にバックを狙われるのは厄介《やっかい》だが、その目的もあるから、一馬は頻繁《ひんぱん》に神宮に会おうとする。

だから、いつまでも一馬にそうさせるために、何が何でも一馬の目的は阻止する。神宮がそう誓っていることを一馬は知らなかった。

END

4周年

おめでとうございます!!

念願だったラブ♡コレに
参加でき幸せです。
これからも熱いこだわりを
もったラヴァーズ文庫で
いてください。

いおかいつき

TOMO KUNISAWA Presents

✦國沢 智 ラフ画特集✦

リロード

神宮聡志

河東一馬

トゥルース

ジュール
芝田
古島

グロウバック

吉見くん
新藤

2

3
?

ピロリロリーン
せんぱーい♥
一馬コレクション 略して カズ♥コレ
TOMO.K
やっぱり先パイってカッコイイです!! コレ、待受にしてもいいですか？
は？
待受って…
女子高生かよ。
あ、神宮さんもいります？先パイの写真！
結構だ。
えー他にもいっぱいありますよ！
神宮さんの知らない先パイ♥
無邪気MAX 悪気ゼロ。
張り込み中の先パイでしょ
報告書書かされてる先パイに…
あ、課長に怒られてるのもありますよー
カチン。
盗撮じゃねーか。

そんな、ありきたりな画像 今さら必要ない
スッ
ふん。愚問だな
わくわく
…ん？お宝？
えっ じゃあやっぱり お宝写真とか あるんですか？
厳選に厳選を重ねた『ヌケる・河東一馬』シリーズがここに…
キラリ。
ズラーリ。
※ミリロゴ参照。
コラーー!!!
ぎゃーー!!
おまっ、何考えて…ッ!!
安心しろ。モザイクならバッチリだ。
ぐしゃっ
そーゆー問題じゃねェ!!
データ残ってんのか!!
ピロリロリーン♪
ラブラブですねー♥
終。

おい神宮
俺にも撮らせろ。
ズイッ
・いつでも真っ向勝負・Tomo.k
何？
お前ばっか持ってんのズルイだろ
ズルイって…
目の前に現物がいるのにか？
どっかで聞いたセリフだな。
つべこべ言わずに撮らせろよお写真
・・・・
コト
…どんなのがお好みだ？
ガタン
きっぱり。
フェラ顔。
ふ.
いいだろう

ゴク
マジでか？
あぁ
じゃあ早速…
って、
ドッ
おっ!!
と
と
おわッ
どさーっ
ちょ.
早技。
待てって！
ズル…
オイ!!
う、
こんな馬鹿…ッ
チュ…
ズルルッ
れろー
動かなけりゃフェラにならないだろうが
この…ッ
大人しく撮らせやがれっ
カタ.

ふ、
…ッん、
ヌプ
てめッ何しを…ッ
ビクッ
ッ!?
ヌル
グズグズしてるお前が悪い
ドサ
く、そ…ッ
指抜ケッ
どうした?撮らないのか?
俺のイキ顔なんて
お宝中のお宝だぞ
鬼。

ビクッ
グチュッ
だったら お前が下に なれってんだよ!!
なんだ? 騎乗位で したいのか?
積極的なのは 大歓迎だ
…
戦闘モード
なッ!!
だからッ そうじゃねえって言ッ…
ムグッ
んでこうなるんだ クソッたれ…ッ
ギシ
な_
終。
そして連敗記録2ケタ突破。

ラヴァーズ文庫さま

祝4周年

おめでとうございます!!

…余談ですが、私のケータイの待受は、ラブ♥コレの一馬です。
マンガはドラマCDを聞きながら描きました。最高です。
こんな素敵な企画に参加させて頂き、ありがとうございました!
これからもラヴァーズ文庫をよろしくお願いします!!

08. 國沢智

Lovers Label

ラブ♥コレ 4th anniversary

ラヴァーズ文庫をお買い上げいただきありがとうございます。
この作品を読んでのご意見・ご感想をお聞かせください。
あて先は下記の通りです。

〒102－0072
東京都千代田区飯田橋2-7-3
(株)竹書房　第五編集部
愁堂れな、夜光花、いおかいつき、
奈良千春、高階 佑、國沢 智 各先生係

2008年5月31日
初版第1刷発行

●発行者　牧村康正
●発行所　株式会社　竹書房
〒102－0072
東京都千代田区飯田橋2-7-3
電話　03(3264)1576(代表)
　　　03(3234)6245(編集部)
振替　00170-2-179210
●ホームページ
http://www.takeshobo.co.jp

●印刷所　図書印刷株式会社
●本文デザイン　Creative·Sano·Japan

落丁・乱丁の場合は当社にてお取りかえいたします。
定価はカバーに表示してあります。
Printed in Japan

ISBN 978-4-8124-3475-8　C 0193

ラヴァーズ文庫
Lovers Label
POLICE
KEEP OUT
グロウバック
GROW BACK
俺より先に、お前を抱く奴だけは、許さねえ——……。
著
いおかいつき
画
國沢《くにさわ》智《とも》
「そろそろ、抱かせろよ」
警視庁に勤める検挙率No.1刑事、河東一馬《かわとうかずま》と
科学技術捜査研究所のクールで優秀な研究者、神宮聡志《じんぐうさとし》。
つきあい始めて半年が経つふたりの間で、常にモメるのが、
"どちらが相手を抱くか"ということだった。
現在のところ、一馬は連敗中で、なんとか挽回しようと神宮を
口説いていたが、思わぬ危機がふたりを襲ってしまう。
殺人事件に巻き込まれた神宮が、捕らえられ、一馬の目の前で……。
一馬が抱く前に神宮の貞操は奪われてしまうのか…!
命がけのスパーキングラブ!!
好評発売中!!

ラヴァーズ文庫
Lovers Label
深《しん》紅《く》の背《はい》徳《とく》
「俺のために、祈るな……」
運命が、禁忌を犯す――……。
「ここで死なせてくれ…」
嵐の夜、真人《まさと》が神父を務める教会に、ずぶ濡れで、
ひどい怪我をした男が現れた。怪我の手当てをし、助けようとする真人だが、
男が流している大量の血を目の前に、強い欲求が湧き上がる。
真人には、人として神父として、
今までひた隠しにしてきた後ろめたい秘密があった。
「あんた、他人の血が欲しいんだろ…」
怪我が回復にむかい始めた男は、真人の秘密に気がついていた。
「欲しいなら、ヤらせろよ」
逆らえない欲望を盾に、肉体関係を要求され、真人は……。禁断の陵辱愛。
好評発売中!!
著 夜《や》光《こう》花《はな》
画 高《たか》階《しな》佑《ゆう》